青春悄悄来

宋鸿雁 著

青春，美如朝露；

青春，灿如云霞。

青春如歌，悠扬悦耳；

青春若画，绚烂夺目。

青春悄悄来，

青春永远在路上。

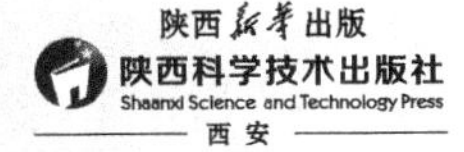

图书在版编目（CIP）数据

青春悄悄来 / 宋鸿雁著 . —西安：陕西科学技术出版社, 2023.8（2025.8 重印）
ISBN 978-7-5369-8710-4

Ⅰ . ①青… Ⅱ . ①宋… Ⅲ . ①长篇小说—中国—当代 Ⅳ . ① I247.5

中国国家版本馆 CIP 数据核字 (2023) 第 090069 号

青春悄悄来

Qingchun Qiaoqiao Lai

宋鸿雁 著

策　　划 宋宇虎
责任编辑 潘晓洁
封面设计 曾　珂　阿　星
绘　　画 阿　星

出 版 者 陕西科学技术出版社
西安市曲江新区登高路 1388 号陕西新华出版传媒产业大厦 B 座
电话（029）81205187　传真（029）81205155　邮编 710061
http://www.snstp.com
发 行 者 陕西科学技术出版社
电话（029）81205180　81205178
印　　刷 河北虎彩印刷有限公司
规　　格 889mm × 1194mm　32 开
印　　张 8.25
字　　数 143 千字
版　　次 2023 年 8 月第 1 版
2025 年 8 月第 2 次印刷
书　　号 ISBN 978-7-5369-8710-4
定　　价 48.00 元

序言

童心是诗

王宜振

己亥年金秋，天气就像孩子们的笑脸一样晴朗。三秦大地的儿童文学作家们齐聚古城西安，参加儿童文学创作研讨培训班。

在培训班上，我给青年儿童文学作家讲授《儿童诗歌创作》。大家听得很认真，反响也很热烈。在最后的提问和讨论环节，一位文静秀气的青年女作家向我提问。从她的提问中，可以判断出她听课很认真，所提问题也很有针对性。我结合自己几十年的创作经验，给了她一些点拨和启示。

下课后，这位青年女作家拿着她的笔记本请我为她写点寄语。这时我才知道她叫宋鸿雁。鸿雁这名字倒挺适合她，就像她的人一样，给人轻盈飘逸的感觉。我翻了翻她的笔记本，我上课时所讲的重点她全都记了下来。好学的青年人我喜欢，我郑重地写下了我的期冀："童心是诗！"

午餐时，鸿雁恰好和我坐在一张桌子上，我们边吃边聊。鸿雁说她有一部书稿《福娃成长记》，希望我能为她及她的作品写点推荐语。我说："我轻易不为作品写推荐语，除非作品很优秀。"鸿雁恳切地说："王老师，您先看看我的作品，若是符合您的标准您再写。"鸿雁将她的书稿送给我，请我阅后再决定。

俗语说："人生七十古来稀"。古稀之年的我，眼花了，精力也不如从前了。家人唯恐我受累，遇到作者让写序和推荐语的，都不太让我应承。但我既然答应鸿雁看过书稿后再说推荐语的事，那我肯定会认真阅读《福娃成长记》书稿的。

在书稿目录上，我看到了很多有趣的章节题目，诸如"小蝌蚪向前冲""安营扎寨喽""豁豁牙时代"等，立马勾起了我阅读的兴趣。我利用一周时间阅读了《福娃成长记》书稿，为宋鸿雁的童心和爱心所打动。我以一位儿童文学老作家的身份，为她及她的《福娃成长记》写下推荐语："……该书以讲故事的方式，融知识性、趣味性、文学性为一体，值得每一位年轻的父母和孩子共读。"

后来，《福娃成长记》顺利出版了，获得了读者的广泛好评，我真心为鸿雁感到高兴。以后的日子里，鸿雁经常给我汇报她的学习及写作情况，我也常常关注着这样一位富有童心和爱心的青年作家。

庚子年初，鸿雁说她要写"青春系列"的第二部《青春悄悄来》，这本书主要讲述西京城里一群初中生的故事。鸿雁说她要"把初中生成长过程中的生理、心理变化，融进有趣的校园生活和日常生活中，给走进青春期的少男、少女们以启迪"。

听了鸿雁的设想和规划，我既为她有此理想和志愿欣慰，又暗暗为她捏着一把汗。因为我知道鸿雁日常工作很忙，写文字通常都是利用晚上和周末的休息时间，而且经常要值班和加班，有时还要因疫情防控下沉值守。这样一项大工程她完成得了吗？

壬寅年金秋，又是一个收获的季节。喜鹊在枝头喳喳叫的一天早晨，我接到鸿雁的电话，她欣喜地告诉我《青春悄悄来》已完稿，希望我能为她这本书写序。她知道我的标准和要求，一切都要阅读过书稿后再说。她将书稿邮寄给我，自己则静心等待。

10 余天的阅读，我跟随鸿雁的童心和慧眼，走进初中生的喜怒哀乐之中。“西京中学见”“可心的小烦恼”“牙套妹”“爱臭美的小妮子”“战痘记”等文字，一如既往地延续着鸿雁的童心和爱心。我经常说：“诗是文学中的文学，诗是皇冠上的明珠，诗是文学之魂。那么，孩子为什么会写诗呢？因为孩子拥有一颗童心。童心是什么？童心就是诗。这个童心让他离诗更近，离诗意更近。”因为鸿雁葆有一颗纯真的童心，所以她的文字饱含诗意。《青春悄悄来》最大的特点就是作者诗意化的叙述和表达。一位作家要把文字写到诗意化的程度是很难的，特别是还要把科学和文学结合起来，这是要经过若干年的千锤百炼才能做到的，可鸿雁做到了。我从《青春悄悄来》一书中，看到了鸿雁的成长和进步，也看到了她的执着和坚守。

我已经过了激动的年纪，可看到年轻优秀的作者拿出这么好的作品，我还是难掩激动的心情。不用鸿雁说，我已为她和她的作品《青春悄悄来》写下推荐语：宋鸿雁是著名儿童文学作家。《青春悄悄来》是她的“青春系列”中的第二部。作者以文学的笔触，生动地塑造了王一诺、陶可心、何瑶、李子轩、沈云溪等一群初中生的形象，讲述了他们青春期的生理、心理变化，以及学习、生活中一系列有趣的故事。作者融文学性、思想性、知识性、趣味性为一炉，使该书具有很高的文学和科学价值。这本书不仅是中学生学习语文的文学读本，也是他们进入青春期的生理、心理读本。《青春悄悄来》是每个中学生必读的一部好书。

关于“著名儿童文学作家”的提法，让鸿雁很是忐忑不安。她对我说：“在您面前，我可不敢说‘著名’。只有到您这个位置和高度，不用说都是著名作家，儿童诗歌的高峰！”鸿雁的谦虚和自知，更加深了我对她的肯定。我回复鸿雁：“我看到了你的努力，也看到了你的实力。你有童心和爱心，这是儿童文学作家非常宝贵的财富。在诗歌、散文和小说方面，你也有不俗的成绩，是一位比较全面的青年作家。”

我能给青年作家什么呢？无非是我的支持和鼓励。除了教孩子们写诗外，发现和培养青年作家，特别是有童心和爱心的儿童文学作家，是我义不容辞的责任。我愿意当他们的吹鼓手，愿意当他们的人形梯，愿意当他们的伯乐，希望他们之中不断涌现出千里马。

我经常说：童心是诗。鸿雁拥有一颗童心，她就能写出富有诗意的文字。我能给予鸿雁什么呢？唯有以诗相赠：

孩子，你没有什么给我
只给我一朵甜美的笑
那笑轻轻抖落在我的心上
像碎碎的银子在幸福地闪耀

目录

01 西京中学见

还记得福娃王一诺吗？对啦！就是我，那个活泼开朗、精灵古怪的小女生，大家在《福娃成长记》里认识并喜欢上了我。还记得我说过“我也如愿以偿地进入我梦想的初中学习”吗？是的，西京中学！梦想的中学，我来啦！西京中学见！

西京中学是西京城里有名的初级中学，是小学毕业生的梦想，也是家长挤破头都想把孩子送进来的重点中学。西京中学位于西京城一处古老的街巷中，街道两旁的法国梧桐真是有些年岁了。树干有两人合抱那么粗，树冠巨大，将双向 4 车道的街巷遮蔽得严严实实。碧绿的硕大叶片，挤得密密匝匝的，形成一条绿色长廊。走在这条长廊上，浮躁的心都能静下来。

9 月 1 日开学报到那天，我既兴奋又期待。早早起床后，我将喜欢的衣服试了好几身，最后选定了白 T 恤搭配背带牛仔裙，黑色带襻小皮鞋，白色翻边小短袜。高高扎起的马尾，露出光洁的额头。皮肤白皙，眼睛明亮，鼻翼小巧，嘴唇红润。我对着镜子抿了抿唇，对镜中的自己微笑起来。

“一诺，快点！要迟到了。”妈妈温雨眠在门口催促着，爸爸王若衡已提前下楼等候。电梯里，我盯着妈妈端详，脸上浮起了狡黠的笑。妈妈低头将自己周身看了看，一切正常，没有发现什么不妥。

“小妮子！你坏笑啥呢？”妈妈满腹疑惑地问。

“整得像你要去开学报到似的，穿得如此隆重！”我调侃着妈妈。

“那当然了，你考入西京中学，对我来说就是大事。”妈妈顺手抻抻衣角。

爸爸站在楼门口，看着我和妈妈走出来。早晨8点钟的太阳，从东方照射过来，给我们身上镀了一层金光。这个时候，爸爸笑盈盈地说：“我觉得特别幸福！妻子美丽能干，女儿乖巧可人，

新学期，新目标

现在又升入西京中学。还有什么比这更美好的吗？”

为避免交通拥堵，爸爸没有开车，一家三口乘出租车来到西京中学附近。此时的古老街巷，已被车流、人潮堵塞了。我们下车朝学校走去，正走着，只听身后有人在喊：“一诺，一诺，等等我！”

扭头回看，只见好朋友陶可心背着书包，穿过拥挤的人群向我跑来，可心的妈妈也紧随其后。

等可心跑到跟前了，我一把搂住可心，我俩头挨头地说着悄悄话。可心的妈妈林玉琼向我爸爸、妈妈微笑着点点头，一同向学校走去。

现在学生开学报名很方便，学校提前一周会将缴费账号发给学生家长，家长只需将学费转账到指定账户即可。今天开学报到，召开学校、家长和学生共同参加的“三位一体”开学典礼。

爸爸送我和妈妈到校门口后方才离开，因为一名学生只允许一位家长参加开学典礼。林玉琼阿姨看着我妈妈笑着逗趣：“咋？你们家老王还怕你和女儿丢了不成？专门护送到校门口？”

“哪里啊，女儿开学报到，他比女儿还紧张，非要送到校门口才放心。”我妈妈有些不好意思。

大操场上，初一新生和家长们按照班级次序排队。我个头偏高，自觉地站在了队伍中后部。可心比我低一点，站在我前面，时不时地扭头和我说说话。家长们站在孩子左侧，在等待开场前，也有一句没一句地聊着天。

突然可心用胳膊肘撞撞我，并朝右前方努了努嘴。我朝右前方看去，只见一位身穿黑色衬衫和黑色长裤的瘦高少年走了过来。他皮肤略显苍白，眼神忧郁，表情清冷，嘴唇轻抿着。少年走过可心身旁，可心用手捂住了嘴，仰望着他。

少年走到我身后，站到了队伍里。他身后还跟着一位比他还忧郁的中年大叔，那位大叔戴了一副黑框眼镜，头发略显凌乱，嘴唇周围留有小胡子，面部的沧桑难掩曾经的俊朗。他静静地站在少年身旁，眼睛平视着前方。

突然后面队伍传来喧嚣之声。随着喧嚣，一阵风从后方刮来，一位穿白色T恤、牛仔裤的阳光开朗大男孩从后面跑了过来。他拍拍黑衣少年的肩，自来熟地说："哥们，拜托让让，你前面这位是我幼儿园兼小学同学，我想站在她后面，有话和她说。"黑衣少年没吭声，往后让了让，李子轩站在了我身后。

我回头看着李子轩，不由地笑了："咋哪儿都有你啊？还真是形影不离呢！"

"那当然了，咱俩是好同桌嘛！"李子轩轻拍了一下我的肩头。

“真不愧是好搭档！连衣服都穿得这么协调。”可心看到我和李子轩的服装，不由地脱口而出。

“少胡说！”我轻轻捣了可心一拳。

李子轩的妈妈焦黛沫披着波浪卷长发，化着精致的妆容，穿着一身飘逸的裙装，显得很是惹眼。

她热情地和我妈妈打着招呼：“一诺妈妈，孩子们初中也同校同班，真好！”

“是啊，这样还有个伴，也不至于太孤单。”我妈妈高兴地应和着。

黑衣少年沉浸在自己的世界里，周遭的喧哗好像和他无关。李子轩回身，对着黑衣少年咧嘴笑了，一口白牙就像他的 T 恤一样白。黑衣少年嘴角微微上扬，露出若隐若现的微笑。

“你好！我叫李子轩。”李子轩率先伸出了手。

黑衣少年迟疑了一下，也伸出手：“沈云溪。”

两只手握在了一起，李子轩开玩笑道：“我还以为你不会笑呢！”

“快站好！开学典礼要开始了。”焦黛沫阿姨提醒着儿子。

升国旗，奏国歌。家长、老师和学生们笔直地站立着，向国旗行注目礼。升旗仪式后，校长代表校方致辞：“尊敬的各位家长、老师、同学们：大家上午好！在这样一个美好的开学季，同学们以优异成绩考入西京中学,我代表学校向你们表示祝贺!同时，也感谢家长信任西京中学，信任西京中学的老师，把孩子送到我们学校就读……”

开学典礼按照流程一项一项进行着：升旗仪式、校长致辞、老师代表讲话、学生代表讲话……开学典礼结束，家长离校，各班带回领新书和校服，并安排座位。初一年级共 20 个班，按照成绩高低进行分班，我被分在初一一班。班主任是一位姓张的女老师，她是我们的语文老师，大约四十五六岁的样子。个头不高，胖瘦适中，扎着低马尾辫，戴副金边眼镜，穿着米白色半袖衬衫，黑色一步裙，米色鱼嘴中跟凉皮鞋，显得知性又干练。这身服装应该是老师们的工装，因为今天是开学的正式场合，我看到学校的女老师都穿着这样的服装。

张老师先让我们男生、女生由低到高排队，按照个头高低来安排座位。男生、女生分别在走廊上站成两列纵队，我的个头在女生中算中等偏高的，我站在了女生队伍里的倒数第 5 个。我往右侧男生队伍瞅了瞅，发现李子轩在我右侧身后不远处。他先数了数女生队伍到我为止的人数，然后又数了数男生队伍人数，发现和我座位排不到一起，就赶忙离开队列往前走，站在他前面的两位同学之前。李子轩气定神闲地站好后，扭头冲我挤挤左眼。

“咋？还想和我做同桌？”我斜睨着李子轩。

“不行吗？我想和谁做同桌就和谁做同桌！”李子轩心满意足地轻声吹着口哨。

下午学生不到校，在家包书皮、预习第二天的新课。西京中学的校服在西京城的中学校服里算是比较漂亮的。我刚进家门，就急迫地将全部校服平摊在床上。米白色的短袖衬衫和长袖衬衫，卡其色百褶及膝裙，外套是藏蓝色小西装，左胸前绣着校徽。运动校服为黑白红三色，上衣为红白配色，衣服上半部分和袖子为白色，袖子上还有三道红条纹。裤子为黑色，上加三条红色竖条纹。黑白之间有红色区域和条纹过渡，看着蛮时尚。

我先穿上半袖衬衫和百褶裙，系上红白格纹的领花。自己对着镜子照了照，大小刚合适。

“妈，妈，快来看看我们的校服。”我迫不及待地想让妈妈看看。

妈妈擦着正洗菜的手，边走边说：“来啦，来啦，让为娘看看这重点中学的学生！”

穿衣镜里，一个清纯、时尚的小女生，正对着镜子左顾右盼。妈妈看着镜中的我穿着合身的校服，是那样亭亭玉立，又是那样朝气蓬勃。

“嗯，好看！俺闺女穿啥都好看，特别是穿上西京中学的校服。”妈妈难掩心中的欣喜。

“妈，你不是说 12 岁时给我照组艺术照吗？”我突然想起妈妈曾经的许诺。

“妈妈记着呢，国庆节假期就兑现。到时候你穿上校服，咱全家一起拍。”妈妈边说着话儿，边将我的领花摆正。

“啊？只穿校服？”我心有不甘。

“放心！除了校服，你还可以选影楼的衣服哦。”妈妈拍了拍我的小脸。

“那就好！我要多选几套。”我乘胜追击。

吃过午饭，妈妈去上班了。我先睡了会儿午觉，然后起床包书皮，预习明天的新课。

忙碌的时候，时间过得总是很快。日影西斜，鸟雀归林，在外忙碌的人们也回家了。晚饭后，我美美地冲了澡，快快上床，我在心里对自己说：西京中学，明天见！

02 开学第一课

临睡前，我定了第二天早晨6点钟的闹铃，然后安心地睡了。迷迷糊糊中进入梦乡，我背着书包走在上学路上，远远地看见“阳光小学”几个大字。咦？前面的“丹顶鹤”不是“喝药”同学吗？哈，你问谁是“喝药”同学？她说来大大有名，就是我们小学班里最高的女生，总是“鹤立鸡群”的何瑶同学呀。

我紧赶几步追了上去，伸出右手拍了拍何瑶的左肩。何瑶猛地转过头：“我当是谁呢？原来是一诺呀。”她亲热地搂住我的腰，我的手顺势搭在她的肩头。

“为什么长这么高呀？想跟你勾个肩、搭个背都这么累。”我故意用右手把她的左肩往低拉。

“别往下拉了，你再费力我也缩不回去呀。”何瑶笑嘻嘻地把我放在她肩头的手取下来，放在了她的腰部。

我故意捏着何瑶的腰，嗲嗲地说：“哟，小腰蛮细的，这要在楚国，不知要羡慕死多少人？”

“哎呀，好痒！不许乱摸。”何瑶一边轻声喊叫着，一边躲闪着。

“嗯，嗯，哈哈哈，痒死人了……”趁我不防备，她也在我的腰上捏了几把。

“啾啾啾……啾啾啾……”一阵悦耳的鸟鸣声传来，我翻过身来，半眯着一只眼看向床头柜上的闹钟，原来我在做梦呀！

哎呀，6 点了，正式上课第一天，可不敢迟到！

爸爸、妈妈已经起床了。爸爸手脚麻利，洗漱时间短，主动承担了做早餐的任务。妈妈属于“慢功出细活”的人，洗漱时间自然是家里最长的。妈妈洗漱完，还要简单地收拾一下床铺被褥等。我洗漱就快多了，牙齿三下五除二地刷完，小脸跟猫画胡子一样就洗好了。妈妈总是站在我身后监督我，嘴里念叨着：“一诺，别着急，牙齿外侧、内侧、磨牙的牙面都要刷到，一定要刷够 3 分钟啊，要不然起不到保护的作用。”

“妈妈，我怎么觉得你越来越像唐僧了？”我和妈妈换了位置，伸手从毛巾架上取下毛巾擦着脸上的水，从镜子里看向妈妈，还不忘给妈妈吐一下舌头。

“什么意思？嫌妈妈唠叨了？”妈妈擦着洗脸池台面上的水渍，从镜子里回看我。

“从小说到大，我的耳朵都快起茧子呐！”我挂好毛巾，从身后抱住妈妈，趴在她肩头撒娇。

“好啦，你若做好了，妈妈就不用反复提醒了，都是你这个小坏蛋，快把妈妈逼成唠叨鬼了。”妈妈宠爱地拍拍我的手。

“早饭好啦！快来吃饭。”爸爸在餐桌旁召唤我和妈妈。

爸爸炒了土豆丁和胡萝卜丁，这两样蔬菜配在一起炒，用来夹饼最合适了。他还热了牛奶，煎了鸡蛋，这样的早餐好吃又营养。在我快要吃完的时候，爸爸已提前下楼发动车了。我将牛奶喝完，背起书包就准备往楼下冲。

“等等，没戴红领巾。”妈妈拿着红领巾喊我。

“噢，还没退队呢，还要戴红领巾。”我轻拍了一下自己的小脑袋瓜。

妈妈将红领巾折成细长条，我赶紧伸长脖子让她给我戴红领巾。妈妈细心地翻起半袖的衬衫领子，将红领巾铺展放平，再将领子翻下来，固定住红领巾，然后绕圈打好结并弄平整。

“妈妈，你快点！小心迟到了！”我急得直跺脚。

“好了，好了。咱赶快下楼，你爸恐怕都等急了。”妈妈换鞋、拿包出门。

6:30 我们出发去学校，这个时候路上车还不是很多，要是再晚一些，进城就很费劲了。西京城有悠久的历史和灿烂的文化，钟鼓楼、大小雁塔自不必说，单说现存规模最大、保存最完整的古代城垣明城墙，那可是不得了！西京城人所谓的进城就是指从城墙外进入城墙里。北二环一路还算顺畅，进入未央路车流量明显大了起来，过了龙首原，车辆好像一下子从四面八方汇聚过来了，北稍门北关附近的车辆已排起长长的队伍，越靠近北门越拥堵。

北门的大名叫安远门，有壮观的城门楼子、雄伟的箭楼、宏大的瓮城。北城墙玄武灯柱上悬挂的猎猎旗帜和串串红灯，越发衬托出安远门的古朴厚重和气势磅礴。若是穿过正中的门洞，进入瓮城，回望安远门，黑底金字的“古城第一门”牌匾，昭示了安远门的霸气和尊贵。

每日清晨穿过安远门外陇海铁路下穿立交，绕安远门环岛，通过城门西边的券洞，就算进城了。西京中学离城门不远，学生坐在教室里透过北边的窗户望出去，可以看见北城墙和城墙上的游客；游客站在北城墙上，可以看到优美的校园和操场上朝阳鲜花般的学子。西京中学怕是得了西京城的精气神，总是那么与众不同，令人心生向往。

顺着车流进了北顺城巷，青黛色的城墙，浓绿的国槐，脚步匆匆的学生，拥挤的车流，又是忙碌快乐的一天。我在学校北门附近下了车，挥手和爸爸、妈妈再见，小跑着进入校园。

第一节课是班主任张老师的语文课。张老师穿着白底小碎花的连衣裙，非常适合讲今天的课文——朱自清的《春》。张老师给我们的第一感觉有点严厉，让人不禁怀疑她会不会笑。可是我们错了，张老师讲起这篇课文来，眼睛里满含温柔和笑意。虽然现在是秋天，可我分明看见一株玉丁香盛开在讲台上。

接下来是数学课，同学们听得可认真了。为什么呢？请你猜一猜。哈哈，聪明的你肯定猜到了，那就是我们的数学老师是一位高大、帅气、阳光的青年男老师。“同学们好！我是你们的数学老师，我姓李，研究生毕业于陕西师范大学。在校内你们要称呼我李老师，在校外可以叫我李大哥，也不反对你们叫我‘小哥哥’噢。”

同学们一下子炸窝了，男生喊着“李大哥”，女生喊着“小哥哥”。

李老师用板擦敲敲讲桌，假装生气地说：“现在是上课时间，

是在学校里，不许违规噢，否则我会罚你们抄作业的。”

“好呐，言归正传，开始上课。”李老师微笑着对我们说。

两节课后有眼保健操，可是同学们不好好做。加之老师课堂内容没讲完拖堂，眼保健操落实起来还真有点困难呢。我倒是老老实实做着眼保健操，我旁边的李子轩好似得了多动症。他的手在眼睛周围揉着，半个身子却倾斜过来，低声说：“饿不饿？待会儿大课间操结束后，我去给咱买菜夹饼。听初二的学长说咱学校食堂的菜夹饼可好吃了。”我本想矜持地说不饿，可肚子却“咕咕”地叫开了。

两节课后的大课间操做完，我递给李子轩 10 元钱，让他帮我带个菜夹饼。李子轩把钱塞回我手里，笑着说：“不用了，下回你给我买。”说完，撒开长腿奔向学校食堂。不大一会儿工夫李子轩回来了，把两个菜夹饼都递过来：“我买了青椒肉丝夹饼和鸡蛋火腿夹饼，你先选。”

“那我要个青椒肉丝夹饼吧，鸡蛋火腿夹饼留给你。”我拿起青椒肉丝夹饼，放到口鼻附近，嗯，饼闻起来好香，我美美地咬了一大口。新出炉的烤饼酥脆，青椒微辣，肉丝咸香，很好吃呀！

“你吃得太慢了，我半个饼都下肚了，你才吃两口。”李子轩边吃边提醒我吃快点。

正准备咬第三口时，上课铃响了，我赶忙把饼塞进桌兜里。除了生物、历史等课程外，还有门比较特殊的课程——健康课，讲授中学生健康知识，我觉得还挺有意思的。我一边听老师讲课，一边趁老师背身板书的空档，偷偷低下头咬一口菜夹饼。

以前只知道身体健康和心理健康，听了老师的课后，才知道健康包括 4 个方面的概念。除了身体健康和心理健康外，还包括对社会生活环境能很好地适应及道德健康。我们这个年龄阶段的初一新生，生理方面处于青春期早期，心理也随之发生着改变，现在正面临着适应初中生活、树立良好道德观念和行为的关键时期。

听着老师讲课，我有点惭愧了，因为上课偷偷吃菜夹饼是很不好的行为。为了避免浪费食物，我只能偷着将剩余的饼几大口吃完，然后坐端正认真听老师给我们讲健康知识。健康课的老师是一位披肩发、小圆脸的女老师，身高身材适中，她自我介绍姓于。于老师嗓音甜美，笑容亲切，同学们都喜欢听她讲课。

“同学们，进入初中了，你们不止进入新的学习阶段，而且也进入了人生的迅猛发展期——青春期。青春期是一个人由童年向成年过渡的时期，也是生殖器官由开始发育到成熟的时期。青春期发育阶段，女生一般从 10 到 12 岁起，到 17 岁至 19 岁止，男生平均比女生晚 2 年左右。青春期形态发育最明显的特征是身高的迅速增长、体重的增加，而体重的增加以骨骼、肌肉和脂肪增加为主。”

“在医学上，男女在生殖器官方面的差异叫主性征。生殖器官的发育和成熟的标志是女生出现月经（初潮），男生出现遗精。”月经和遗精的名词一出现，教室里顿时有了小小的聊天声。我用手指戳了戳我前排的女同学，小声问她来了没？她摇摇头。她又用目光示意我，我也摇摇头。但我知道谁来月经了，就是我们小学那个从小鹤立鸡群的何瑶同学。

我身旁的李子轩虽然一贯大大咧咧的，但从于老师讲主性征开始，他就有些不好意思了。他扭头问身后的沈云溪，我实在有些好奇聊天内容，稍稍侧一下头，用眼角余光扫着他们。沈云溪明显愣了一下，他还不习惯被别人问这么私密的话题。沈云溪没有明确回答，只是不易察觉地点了一下头。这可不得了了，李子轩的兴趣明显高涨了起来，赶忙悄声追问：“啥时候出现的？什么感觉？”

沈云溪捣了李子轩一拳，悄声说：“好奇心怎么这么重？老师正盯着你看呢。”李子轩心有不甘地回头。

于老师继续说：“下面我们进行一个简单的无记名问卷调查。同学们可在纸条上写上自己的性别、年龄、身高、体重，已来月经的女生写初潮时间，男生写第一次遗精时间，没有的就写无。”

纸条发下来了，是一横排的表格，同学们只需在表格内填写内容即可。我正准备填写时，李子轩悄悄地探头过来，我向左侧微微侧了侧身。

“小气得很！看一下又咋了？”李子轩表达着他的不满。

“这属于个人隐私！为什么要给你看？”我轻声嘟囔着。我不动声色地用左手遮住表格，右手握笔认真地写下“女、12岁、160厘米、45千克、无”等信息。

“不给看就不看呗，那你也不要看我的。”李子轩坐正填他的问卷纸条。

瞅着他刚写完没防备，我一把抢过他的纸条，只见上面写着“男，13岁，171厘米、62千克、无”。

“切！小屁孩！还成天笑话我呢。”我撇撇嘴。

李子轩急了，急忙伸手来抢他的纸条。这时刚好收纸条的组长过来了，我顺势将2张纸条都交了上去，回头给李子轩吐了吐舌、耸了耸肩。

于老师对问卷纸条进行了初步的分析、统计和汇总，对女生身高低于145厘米、男生身高低于150厘米的同学，老师建议由家长带学生去医院进行咨询和检查；对女生体重超过60千克、男生体重超过70千克的同学，老师建议这部分同学要“管住嘴、迈开腿”。

全班共 50 名同学，男生 28 人，女生 22 人。女生有近一半同学来月经了，出现遗精的男生只有四五个人。同学们偷偷左顾右盼，女生悄悄询问着谁来月经了谁没来，男生互相猜测着谁出现了遗精，教室里一片嗡嗡声。“好了，同学们，请安静！女生来月经和男生出现遗精,都是青春期正常的生理现象，每一名同学都会经历的，有的同学发育早一点，有的同学发育晚一点，只要不是太过提前或太过推迟，都属于正常。”

一节有意思的健康课结束了，可它在同学们心中引起的涟漪却久久不能平复。

03 难忘的教师节

开学后，日子过得飞快。新的学校，新的老师，新的同学，一切都是这样既新鲜又新奇。我们忙着适应新学校、新老师、新同学，适应初中生活。

昨晚陶可心给我打电话，说考上西京中学的同学们打算明天教师节去看望小学的老师。她妈妈林玉琼已提前订了蛋糕，放学后同学们一起坐公交车去。我妈妈温雨眠一听也积极响应，说她下班后带数码相机去给老师和同学们拍照。我和陶可心是好朋友，我妈妈温雨眠医师和她妈妈林玉琼护师更是好搭档、好闺蜜，俩人都在西京中心医院呼吸内科工作。

早上出门时，妈妈陪我在家门口附近的花店买了一小束红色的康乃馨，有 10 多枝，这样就能确保今天上课的每位老师都有花。9 月，正是秋高气爽的好时节。天蓝云白，风和日丽，树绿花红，满目绚烂。上学路上，一路的好景致，我的心情也好到极致。

到校门口，我发现很多同学手里都拿着鲜花，以康乃馨居多，也有剑兰、百合和向日葵等。进入校门，甜美的花香扑鼻而来，迎面的花圃里月季开得正艳。未开的红蓓蕾像火炬，初开的黄花似金花，半开的粉花若云霞，盛放的红花如火焰。真想偷偷采几朵，和手里的康乃馨一起送给老师。

教师节这天的第一节课是英语课。上课铃声响起，绅士范儿的王老师走进了教室。他穿着白底浅蓝色细条纹的半袖衬衫，领口干净，袖口平展。半袖衬衫掖入藏蓝色西装裤腰，一个“背靠背双 D”图标的银色扣环扣住一条黑色皮腰带。脚上的黑色皮鞋打得锃亮，估计连灰尘都落不住。王老师身材高大，肩宽背平，面色白净，整体给人一种精神干练的感觉。听说王老师有英国留学背景，是西京中学高薪挖来的名师，难怪通身英国绅士范儿。

我把身子悄悄向李子轩倾斜，好奇地问：“哎，你说老师的腰带是什么品牌？那个银色的金属扣倒是挺好看的。”

李子轩盯着王老师的腰带仔细观察了一下，挠了挠头，皱了皱眉，边想边说：“让我想想，好像在哪里见过……”

他猛然一拍掌：“对了！想起来了，我爸爸有一条这样的腰带。让我想想叫什么名？好像是四个字，什么‘菲’，什么‘格’，是一个外国品牌。”

坐在李子轩身后的沈云溪一脸不屑地说：“是菲拉格慕！”

我用食指关节敲敲李子轩的头，趁机嘲笑李子轩：“李子轩同学，你要多多学习呀，你看还是人家沈云溪同学见多识广！”

李子轩轻轻推了我一把，眼睛看着老师说：“快坐好，老师要上课了。”

王老师将手中的教案轻放在讲桌上，然后用手扶了扶眼镜架，微笑着开口了：“Good morning, everyone. Today is teacher's day. As a teacher, I am very happy to spend this wonderful festival with my classmates.”（同学们早上好！今天是教师节，作为一名教师，我很高兴能和同学们一起度过这个美好的节日。）

同学们七嘴八舌地喊开了：“Happy Teacher's Day! Mr. Wang.”（王老师，教师节快乐！）然后纷纷拿出鲜花和巧克力等送给王老师。

我从桌兜内取出一枝康乃馨，这枝花外面包着透明的玻璃彩纸，只把花朵从玻璃彩纸里露出来。一支粗细适中的绿色茎秆，上面生长着绿绿的叶片。再往上是结实的花托，一朵红丝绒般的花朵正在怒放。我跑向讲台，将花送给王老师。他开心地接过康乃馨，左手放在额头前方，好像扶着礼帽帽檐，右手将花放在前胸的位置，微微鞠躬向我致谢。我被这么正式的礼仪惊到了，不由自主地学着视频里的公主礼仪给王老师回了个礼。同学们笑得更嗨了，打着节奏鼓起了掌。

王老师将巧克力分给了同学们，交代大家下课再吃，他说会将鲜花带回办公室送给女老师们。今天英语课上 Unit 2 What's this in English?（这个用英语怎么说？），除了课文上的内容外，王老师借着话题又给我们讲了教师节的由来，还有鲜花、糖果、巧克力等礼物的英语用法及各种礼物代表的含义。这是多么可亲的老师啊！这是一节多么有意义的英语课啊！

下午学校举行盛大的颁奖礼，表彰优秀教师。在优秀教师的队伍里，我看到了班主任张老师和英语王老师。听过这两位老师授课的同学，都认为他们获得这个优秀奖名副其实。下午放学后，我们几个从阳光小学一起考到西京中学的同学约好在公交站点会合，一起坐车回小学母校去看望曾经的小学老师。

我、陶可心、李子轩先到了公交站点，聊着天等何瑶和其他几位同学。过了几分钟，走过来一帮同学。你只看那个鹤立鸡群的身影，必是何瑶无疑。我们结伴坐公交车回到阳光小学，我妈妈和可心的妈妈也到了。她俩把蛋糕交给我们，让我们自己提上，和我们一起进了校门。听说曾经教过我们的小学老师从头开始带一年级一班的学生，我们一刻不停地向老师所在的教室奔去。

几个月没来，学校又有了新的变化。在我们小学毕业的那个暑假，学校对教学楼进行了粉刷和装修，过道走廊的地面涂了防滑的淡蓝色地板漆，廊道顶部设计成科幻色彩的星空，同学们漫步其中，就像走在星空大道中。我们顾不上仔细欣赏学校的新变化，就看到张老师和李老师在教室门口等我们。同学们兴奋地喊着“老师”，并快速向两位老师跑去。张老师、李老师张开热情的怀抱，把我们每位同学都紧紧地拥抱了一遍。陶可心妈妈站在边上，看得眼睛有些泛红。我妈妈倒是定力很好，忙着寻找各种角度为我们拍照。

进入教室后，我们围在讲台跟前，张老师和李老师为我们分蛋糕。蛋糕好甜呀！可我分明看见两位老师都在偷偷抹眼泪。吃完蛋糕，我们这十来个同学分成两排坐在座位上，老师请每

位同学上讲台说说自己的心里话。

李子轩先上去了，他的嘴角还挂着蛋糕渣。我们用手示意他，他立马领悟过来，迅速用手背擦了一下嘴。“嗯、嗯”，李子轩先清了一下嗓子：“张老师、李老师好！首先祝两位老师教师节快乐！你们带了我们6年，把我们从小屁孩培养成中学生，教会了我们很多知识。怀念张老师的唠叨，李老师的严厉，我真想你们再教教我呀！”李子轩眼睛含着泪，最后的声音低得都快听不见了，两位老师拍拍他的肩，也流泪了。

陶可心低着头走上讲台，还没开口说话，眼泪已经流过了脸颊。张老师给她递了张纸巾，可心擦了擦眼泪，抽泣着说：“老师，我好想你们呀！”就再也说不下去了。老师心疼地抱抱她，帮她擦眼泪。可心妈妈站在教室后面，看看女儿，又看看老师，眼睛又红了。

轮到我了，本来在心里想了好多感谢老师的话语，一站上讲台，大脑就一片空白。我傻呆呆地站立着，妈妈举着相机等着拍照。张老师看见了，走上前来，握了握我的手说：“一诺，别紧张，想说啥就说啥。”得到老师强有力的鼓励，慢慢地我就不紧张了。我对着老师说：“亲爱的张老师、李老师，你们尽心尽力把我们培养长大，你们辛苦了！今天我给你们唱支歌——《烛光里的妈妈》，希望你们永远年轻！永远美丽！”

“妈妈我想对您说，话到嘴边又咽下，妈妈我想对您笑，眼里却点点泪花。”老师和同学们用掌声给我打着节拍，可我唱着唱着，声音越来越哽咽，老师和同学们开始和我一起合唱：“噢妈妈，烛光里的妈妈，您的黑发泛起了霜花，噢妈妈，烛光里的妈妈，您的脸颊印着这多牵挂。噢妈妈，烛光里的妈妈，您的腰身倦得不再挺拔，噢妈妈，烛光里的妈妈，您的眼睛为何失去了光华……”

老师和同学们一个个走上讲台，和我站在了一起，我们手牵手一起含泪歌唱,歌唱我们敬爱的老师,歌唱我们可爱的同学,歌唱难忘的教师节。

04 可心的小烦恼

早晨上学路上，桂花香飘满天地之间。造物主是如此神奇，竟然创造出如此香的神物。可你看它的外观，又是那样不起眼。米粒状的金色、银色还有红色小花，掩藏在碧绿厚实油亮的绿叶之中。这小小的花朵，不甘心被埋没，在拼命释放迷人的香气，以此证明它的存在。小小的桂花，不由让我想起清代袁枚的诗句："苔花如米小，也学牡丹开。"在桂花香中，我们又开始了新一天的学习。

第三节课后，陶可心神神秘秘地来找我，要我陪她去卫生间。李子轩和后排的沈云溪正在聊天，他俩真是无聊至极！他们在聊班里哪个女生最美，谁是班花。看到我和可心交头接耳在说悄悄话，就凑过来偷听，可心拉起我向卫生间跑去。

到了卫生间，我俩选了相邻的两个厕位，中间隔着木隔档。突然可心小声说："一诺，糟糕啦，我好像来月经了！"

"啊？量多不多？可有卫生巾？"我有些替可心着急。

"我最近几天一直觉得小肚子有些胀疼，刚才正上课，突然觉得下面好像有黏液流出来。我不放心，就拉你来卫生间看看。果然是来月经了，内裤底裆染上了一点血。怎么办呀？我没有卫生巾。"

"你别急，我去找何瑶，她已经来过月经了，她应该有准备。"我解完小便洗完手，赶紧奔出卫生间，向初一三班跑去。

我和陶可心是初一一班的，我们班在三楼的东侧。何瑶是三班的，三班在这个楼层的西侧，中间隔着二班。我跑到三班门口，和刚出班级门口的一个高个子男生撞了个满怀。我的头刚好撞在他的下巴上，我揉着额头"哼哼"，他捂着下巴捉弄我："哎，同学，看着点啊，我这轮廓分明、帅气俊美的下巴若是被你撞坏了，可是要赔的！"

"对不起！对不起！我着急找人。"我连声道歉。

“你是哪个班的？找谁啊？”高个子男生堵着门不让我进。

“我是一班的，我找何瑶，她是我小学同学。”我用手使劲想推开这个高个子男生。

高个子男生并没有让开门的意思，扭头冲班里喊：“何瑶，有人找。”

何瑶正背身和其他女同学说话，听到喊声回身看向门口，看到我时突然哇哇喊开了：“一诺，你怎么过来了？”她撇下正聊天的同学向我跑来。

“何瑶，你这美女同学是谁啊？”高个子男生看着我好奇地问何瑶。

“哦，她是一班的王一诺，我小学同学。”何瑶挽着我的胳膊向高个子男生介绍。介绍完转向我，又给我介绍起高个子男生：“这位帅哥是我们三班大名鼎鼎的班草，名字叫何瑜。”

我扑哧一下乐了：“何瑜、何瑶，你俩是兄妹吗？怎么名字这么像？”

“谁和他是兄妹？不要瞎说。”何瑶推着何瑜离开，轻声问我：“啥事？”

我将陶可心的急迫告诉了何瑶，何瑶没说话，转身回教室取东西。她在书包里翻找卫生巾，趁其他同学不注意，将找好的卫生巾迅速塞入校服宽松的袖口里。

我俩一起向卫生间跑去，经过我们一班门口时，差点撞到沈云溪。我俩不动声色地减慢速度，若无其事地走过去。沈云溪打量着个头高挑、昂首挺胸走过去的何瑶，回头问正准备出班级门的李子轩。李子轩看着我们的侧影，自豪地介绍着："噢，和王一诺在一起的那个高个子女生，给人感觉很傲气，那是我们小学同学——何瑶，她在三班。"我无心听他们继续聊什么便快速走了，可心还在卫生间苦苦等我呢。

到卫生间后，何瑶将卫生巾交给可心，还不忘细心叮嘱："可心，撕掉外包装后，将背胶的纸撕掉，贴到内裤底裆最中间，两侧的护翼要包好内裤底裆侧边。"

上课铃声都响了，可心才磨磨蹭蹭地从厕所里出来。她站在洗手池前洗手，脸羞红得厉害，不敢看我俩。"哎，没有啥嘛，这很正常。不过经期尽量不要碰冰水，不要喝冷饮，这是我妈妈给我说的。"何瑶从镜子里看着可心。

"知道了，我会注意的。谢谢！"何瑶的声音比蚊子的嗡嗡声大不了多少。

"肚子还难受不？下面有啥不舒服的？"我既担心又好奇。

"肚子胀疼减轻了一些，垫上卫生巾后，下面捂得有些潮热，总想揪前面的裤裆给身体透透气。"可心刚洗完手，揪得裤子前面有湿手印。她将校服上衣又往下拽了拽，恨不得用上衣将屁股都包起来。

我们3人分头返回教室，免不了又被老师说一顿:“王一诺、陶可心，你俩上个厕所还要手挽手去，手挽手回来，都快形影不离了。下次上厕所动作快点，这都上课10分钟了。”我俩连连给老师保证着，也不方便解释原因。

中午在托管班吃过午饭后，给托管老师请了假，我和何瑶陪陶可心去买卫生巾。出了学校所在的巷子，绕过和平电影院。这是一座很有年代感的苏联建筑风格的老牌电影院，电影院门前有4根醒目的、巨大的白色柱子，这些柱子支撑起电影院的门头。红底金字的“和平电影院” 几个大字，很有范儿。门头下方4根白柱子之间，悬挂着5盏大红灯笼，和两旁爬满墙的绿色爬山虎形成鲜明对比。人们从这个路口走过，都会不约而同地多看两眼。

电影院门口立着大大的电影海报，是国庆黄金档即将上映的喜剧电影《羞羞的铁拳》。看着沈腾、艾伦的“熊猫眼”，马丽鼻梁上的创可贴，我们3个都要笑疯了。我心里盘算等国庆节放假了，一定要去电影院好好看他们的表演。刚出巷子口的时候，我就闻见了桂花香。何瑶左扭右转地转着长颈鹿似的脖颈，翕动着高挺的鼻子，好奇地问：“什么花这么香？”

“当然是八月桂花香啦！”我挽着何瑶的右胳膊大声回应

她。

“现在不是马上到国庆节了吗？八月份早过了。”何瑶小声嘟囔着。

可心在何瑶左侧，扭着头仰脸回答何瑶：“八月桂花香指农历的八月，也就是现在的九月底十月初。”

“噢，原来是这样啊。”何瑶恍然大悟似地点着头。

我们手挽手往南行，沿着人行道向北大街方向走去。西京城里，钟楼以北，安远门以南，店铺林立，人潮汹涌。这里是西京城繁华的商业街——北大街，是闻香赏桂不可多得的好地方。也不知从哪一年开始，北大街两旁移栽了一批桂花树。自此以后，每年桂花盛开的时节，这条街总是笼罩在桂花香中。两排桂树栽得整整齐齐的，树干笔直，树冠修成大大的圆球状，叶子碧绿油亮，米粒状的金黄色小花朵隐藏在绿叶之间，散发出氤氲的香甜气味。

我们伴着桂花香，一路来到北大街的秋林公司。进入卖场后，我们直奔卫生用品区域。这是我第一次陪同学选购卫生巾，真是被惊到了！满满一货架各种品牌的卫生巾，大大小小、花花绿绿，直接让我得了选择困难症。什么苏菲、护舒宝、洁婷、ABC、七度空间等，还分日用、夜用、迷你、护垫等。何瑶说她平常用七度空间少女系列，所以我们就主要看这个品牌、这个系列的卫生巾。

“可心，你把七度空间少女系列的护垫、迷你、日用、夜用各买一包吧。”何瑶拿起一包棉柔日用卫生巾查看着生产日期。

“为啥要买这么多呢？好麻烦呀！”可心拿起同品牌的护垫装模作样地看着。

“因为各有各的用处啊。你看，护垫主要用于刚来月经和快结束时经血量特别少的时候，日用主要用于白天经血量多时，夜用就是夜晚经血量多时使用，迷你一般用于经血量少的时候。几种搭配起来一起用，会舒服很多。”何瑶在这方面确实有经验，说得头头是道。

我还没有来月经，一点经验都没有，刚好跟着可心听一听何瑶说的，也算是一种现场版的生理卫生课。最后可心采纳了何瑶的建议，把七度空间少女系列的护垫、迷你、日用、夜用卫生巾各买了一包，还专门问收银员要了个黑色的袋子装着。

出了秋林公司，我们走得有点渴了。看到蜜雪冰城，不由得都停下了脚步。何瑶给可心要了珍珠奶茶热饮，给我要了青提冻冻，给她自己点了蓝莓果粒。“我也要喝冰的，都走热了。”可心摇着何瑶的胳膊抗议着、请求着。

“不行！生理期不能喝冰的。”何瑶断然拒绝了可心的请求。

“没事，我在嘴里含一阵再咽下去，不会冰到肚子的。”可心还是不死心。

“你快放弃吧，何瑶怎么可能让你喝冰的？”我把可心拉到我身边。

何瑶将一杯热热的浅咖色的珍珠奶茶递给可心，并细心地帮她扎好吸管。然后将淡绿色的青提冻冻和吸管递给我，我噘着嘴故意逗她：“为啥不帮我扎吸管？宝宝不开心！”

何瑶轻轻踢了我一脚，嗔怪道：“你没长手啊？今天可心是咱的重点保护对象，你还和她比？”

我扎上吸管，美美地吸了一口，一股冰凉酸甜的滋味沁入了唇舌和喉咙。何瑶的蓝莓果粒透出淡淡的紫红色，杯底沉淀着颗颗蓝莓和叫不上名字的果肉粒，看着很好喝的样子。“怎么办？瑶瑶，我想尝口你的。”我故意发嗲。

“小馋猫，吃着自己碗里的，还看着别人锅里的。给，让你尝一口。”何瑶看着我又好气又好笑。

我用我的吸管扎入她的杯中，吸了一口，不错，有很浓郁的蓝莓味，下次可以选蓝莓果粒喝。我让何瑶用她自己的吸管喝了一口我的青提冻冻，这个味道她也喜欢。

“好啊，你俩就故意气我、馋我吧！明知道我今天喝不成冰的。等生理期过去了，我要买 3 杯，喝一杯，另外两杯用来馋你们。哼！”可心跺着脚表达不满。

我和何瑶相视一笑，上前一左一右地搂住可心，我们像 3 只快乐的小鹿，在栽满桂花树的街道上，一路喝着、笑着、聊着向学校走去。

05 12岁的艺术照

西京城的秋季，应该是一年之中最好的季节吧。天气不冷不热，不湿也不燥，那种舒适程度就像躺在妈妈怀抱中一样。蓝天高远透亮，就像迷人的蓝宝石。蓝天上的云朵白极了，就像水洗过一样。有时真让人怀疑七仙女织多了白练，一不小心全抛洒了出来。

盼望着，盼望着，国庆节来了！国庆 7 天长假，多么让人期待！你问我期待什么？难不成你忘啦？妈妈答应我的 12 岁艺术照啊，我已经盼望好久了。

国庆节前夕，妈妈已提前预约了国庆节当天拍摄艺术照。在我成长的重要节点上，爸爸、妈妈都会带我去影楼拍照，比如百日照、周岁照、6 岁照、12 岁照等。而日常的生活场景，家人会用手机和数码相机拍摄记录。

我和爸爸、妈妈赶早上 9 点到达影楼，没想到今天预约拍照的人真多。有小婴儿，也有老年人，还有拍婚纱照的。一位青春靓丽的服装造型师先带我选衣服，她边走边和我妈妈聊天："姐,你家姑娘长得真招人疼！不知今年几岁了？个子好高呀！"

"一诺，这个问题交给你自己来回答。"妈妈将问题抛给了我。

我还有点小害羞，声音小小地说："我今年 12 岁，身高有 160 厘米了。"

服装造型师个头很娇小，身高估计在 156 厘米左右，就像陶可心那么高。她满脸羡慕，仰脸看着我："才 12 岁啊，就这么高，真让人羡慕！"

个子高了当然好，可是衣服就不好选了。选童装太小，选成人装又不符合学生身份，服装造型师带着我和妈妈，把影楼里面现有的衣服都看了一遍，好不容易才选定了两套衣服，再加一身我的夏季校服。

拍照的第一套衣服就是我的夏季校服，米白色的短袖衬衫搭卡其色百褶及膝裙，配红白格纹的领花、白色长筒袜、黑色小皮鞋。穿这套衣服时，化妆师只给我淡淡地扑了点粉，抹了点润唇膏。爸爸、妈妈也穿着他们自己的衣服，妈妈穿了一件粉色短款旗袍，爸爸穿了件他日常穿的暗条纹半袖衬衫，黑色西装裤。这组照片是我和爸爸、妈妈一起照，摄影师先给我照了张单人照，又给一家三口合了影，我再分别和爸爸、妈妈合影。我最喜欢一家三口的合影。爸爸高高大大地站在中间，妈妈站在他左侧，他的右手牵着妈妈的左手。妈妈依偎在他身旁，头微微靠向爸爸的肩膀，右手在身后搂住爸爸的腰。我搂着爸爸的右胳膊，乖巧地依偎在爸爸身旁。三个人的脸上都洋溢着幸福的笑容，我希望我们的小家永远温馨和幸福。

第二套衣服我选了白色蕾丝裙，造型师忙着为我挑选配饰。她取了发夹、发箍和好几款腰带，然后把我带到化妆室的镜子前坐下，和化妆师探讨妆容、发型和配饰。“小美女，你本身皮肤很好很白，脸是标准的瓜子脸，五官也很立体，只需化个淡妆，就会非常好！”我认同地点点头。

“对！学生娃娃嘛，淡淡地化一下就行了，可不敢浓妆艳抹。”妈妈附和着。

爸爸像个应声虫似的一迭声地说：“对、对、对！听孩子妈妈的意见。”

造型师为我配了同色系蝴蝶结发箍，束了棕色小牛皮细腰带，将学生气的“宝宝头”用卷发棒将发尾朝外翻卷，一个稚气未脱的活泼少女出现在镜子中。进入摄影棚，摄影师看了看我的服装和造型，放下柠檬黄的背景布，让我站在背景布前。我手足无措地傻站着，不会摆造型和动作。

帅气的摄影师看着我笑了，安慰我说：“别紧张！你这么美丽可爱，怎么拍都会很好看。”

“可我还是很紧张，不知道该怎么摆动作。”我有点犯愁。

“你就当你在草地上玩耍，蹦、跳、坐、卧都可以，我随时抓拍。”摄影师调整着镜头和灯光。

我看到妈妈了，她在摄影棚门口举起双手放在头顶，朝我比心，我也笑着给妈妈比心。摄影师抓拍到这个瞬间，我活泼俏皮地笑着，我猜想我的两颗小虎牙也光荣地出镜了。背景布上放了一张白色的靠背椅，我很自然地坐上去，双手托腮看向镜头，我看见摄影师在连续按快门。

“很好！很自然！”摄影师边按快门边鼓励我。摄影助理又适时地递给我一束包成喇叭状的蓝色小雏菊，我觉得自己像卖花姑娘，就差再挎个小花篮了。

第三套衣服选了白色欧洲宫廷裙，在童装里实在选不到我

的身高适合的衣服。当时我和妈妈快把所有的衣服都看完了，这件白色欧洲宫廷裙单独在一个带玻璃门的窄柜子里，第一眼看见它，我就喜欢上了它。服装造型师边取裙子边说："小美女好眼光！这条裙子是我们影楼新购置的，你是第一位穿上这条裙子的模特。"

服装造型师为我换好裙子，拉着我转了个圈，惊呼道："这怕是白雪公主从城堡里偷跑出来了吧！"

我害羞地用双手捂住了脸，只敢从手指缝里偷看造型师。

"姐呀，这裙子就像为您女儿量身定做的一样。"造型师转向妈妈继续夸赞着。

"你说得真对！我也是这样认为的。"妈妈丝毫不谦虚地回应着。

化妆师看着镜子中的我，用梳子梳理着我的头发，梳了好几个发型，她自己都不满意，梳了拆，拆了梳。后来，她用卷发棒将我额头前的直刘海微卷，脸旁留两绺头发卷成波浪状，脑后的头发盘起，又找来鸡蛋饼大小的白色蕾丝小礼帽，侧戴在我的头上，然后用黑色小卡子固定好。

一切搞定，化妆师直起腰，前后左右转着圈看，就像在欣赏一件艺术品，又好似在 360 度检查有没有死角。最后化妆师在我身后站定，双手扶着我的肩膀，微笑地看着镜子中的我："美丽的小公主，你觉得怎么样？”

爸爸在休息区喝茶看报纸，听到声音也过来了。他指着我头顶的白色蕾丝小礼帽问化妆师：“这是什么？感觉像鸡蛋饼。”

“你懂什么？这叫时尚。”妈妈拨开爸爸的手，喜眯眯地看着我，我在心里为她配着音：“我怎么这么会生啊？生了这么美丽又聪慧的女儿！”

化妆师一看爸爸、妈妈意见不统一，赶忙俯身问我：“小公主，你喜欢这个造型吗？”

我站起身，在镜子前转了几个圈，大大的裙摆画了一个又一个的圆。我惊喜地回答：“好美啊，我好喜欢！”

摄影师放下宫廷风格的背景幕布，又摆上一盆花草。通过刚才两套衣服的拍摄，我已经不紧张了，也知道怎么配合拍照了。我自然而然地俯身去抚摸花草，眼睛看向花草。听见快门的“咔咔”声，这时我顺势坐了下来，双手抱膝，大大的裙摆在地上也铺成一个圆。我的眼睛看向摄影师身旁的小棕熊，心想待会儿拍完照，我一定要抱着小棕熊玩一会儿。

一上午的时间不知不觉就过去了，拍最后一组照片的时候，我的肚子都唱“空城计”了。终于拍完照片，换好自己的衣服，卸完妆，在电脑中选好刚拍的照片，哪些用来放大装框，哪些制作小影集，哪些选单张冲洗。妈妈和影楼的工作人员预约了取相片的时间，然后我们一家三口才离开。

“一诺，饿不饿？”爸爸抚摸着我的头发问我。

“快饿坏了！我觉得我能吃下一头牛。”我摸着瘪瘪的肚子嘟囔着。

“想吃什么？爸爸、妈妈带你去。”妈妈搂住我的肩，征求我的意见。

“我想吃妒鱼。”我非常肯定地回答。

“啥？妒鱼，没听过。”妈妈被我搞糊涂了。

“就是上次咱们路过的一个地方，你还说有空来吃鱼。”我提醒着妈妈。

“是不是炉鱼？”爸爸提示着我。

“应该是炉鱼，那个招牌上的‘炉’字有点像‘妒’字。”妈妈恍然大悟道。

爸爸、妈妈带我到了那家烤鱼店，我仔细辨认了一下，果真是“炉鱼”，不是“妒鱼”，为什么店家设计的招牌，会让人认为是“妒鱼”呢？难道是别的店家妒忌他家鱼烤得好？

我们点了蒜香鲈鱼，鱼烤得很入味，这家店的烤鱼味道真心不错。吃过午餐，爸爸、妈妈带我去看了心心念念的电影《羞羞的铁拳》。艾伦饰演的拳手艾迪生靠打假拳混日子，马丽饰演的体育记者马小充满了正义感。因一场意外，艾迪生、马小身体互换，惹来了一大堆麻烦。电影的喜剧效果多是由两人互换身体引起的，看着是艾迪生的身体，内里却是马小，挥出的拳头就变成了“羞羞的铁拳”。沈腾饰演“卷莲门”副掌门张茱萸，看似不靠谱的指点，实则暗藏智慧。整场电影看得人快要笑破肚皮，特别是看到沈腾的狮吼功和一阳指，我们前排的观众竟然笑得要捶坏椅子了。电影散场后，两个小伙子还学着沈腾的样子，伸出左臂，勾起左手食指，相互比画着“你过来呀！”

12 岁的艺术照拍过了，好吃的“炉鱼”吃过了，快乐的国庆节也过了，真是美好的一天！完美！

06 爱穿妈妈衣服的小妮子

国庆假期后，日子像坐上了风火轮，风风火火地朝前滚动着。

天气也微微地发生着变化，早晚已有凉意。人们已穿上长袖衣服，早晚出门时也会搭件外套。同学们也换上了秋季运动校服，就是那身黑白红三色配色的运动校服，看着既青春又时尚。唯一美中不足的地方就是袖子为白色，不耐脏，同学们上课写字时，白色袖子与课桌摩擦，很快就泛灰白了。

以前的我，整天傻乐傻乐的，不洗脸不梳头就可以出门，妈妈说我就靠洗澡洗回脸。现在的我，在镜子前停留的时间越来越长，并且开始认真地洗脸、认真地梳头发，最后还要戴上自己喜欢的小发卡。

妈妈带我出门，我会仔细地挑选衣服和鞋子，还要看款式、颜色是否协调。期中考试前的那个周末，妈妈看我学习有点疲惫，就说带我去大明宫国家遗址公园玩耍。我们还约了陶可心和她妈妈林玉琼一起。

“一诺，快点，咱们要迟到了。”妈妈收拾利索已在门口玄关处等我。

“稍等一下，我正在换衣服。”我埋头在衣柜里找衣服。

妈妈等得不耐烦了，进我的卧室来找我：“碎女子，你翻腾啥呢？”

“我想找件合适的外搭，今天感觉有点凉。”我穿着白色T恤、黑色印花短裙，腿上有白色长筒袜不冷，胳膊就有些凉。

“你那件黄色的防晒外搭不是挺好的嘛？”妈妈给我取出黄色防晒衣。

我看了看，放到了一边，假装嫌弃地说：“这件有点旧了，下摆那层纱都有点卷边了。”

我关上我的衣柜门，向妈妈的大卧室走去。拉开妈妈的衣柜门，我在妈妈的衣服里继续翻找。一件米色的长款针织外搭成功地吸引了我的视线，手感摸起来非常舒服。我知道这件外搭是妈妈才买不久的，还没有上身穿过呢。

我喜眉喜眼地对妈妈说："那就这件吧！妈妈可不要心疼噢。"

妈妈拍了一下我拿衣服的手背，有点心疼地说："你还真会挑，妈妈上周刚买的，我自己还没舍得穿呢。"

在妈妈面前，我露出胜利的笑容，打算把这件衣服据为己有。我对着穿衣镜穿上米色外搭，外搭很长，下摆已到我的小腿肚，两侧还垂着长长的细腰带。

我把细腰带先朝前系，系出来却很怪异，"咋觉得有点怪怪的"，我自言自语着。

"不是这样系的，腰带应该系在腰后。"妈妈上前来解开腰带，在我身后打了个美丽的蝴蝶结。

我在镜前左转右转地欣赏，妈妈拍了一下我的小屁股，着急地说："快点，说不定可心和她妈妈都到了。"

临出门前，我又在挂钩上取下我的黄色小鸭包包，斜挎在肩膀上。妈妈从头到脚看了看我，忍不住笑话我："你以前不是看不上我的衣服吗？咋现在主动找着穿呢？"

"我也不知道啊，反正现在看你的衣服比以前有感觉。"我得意扬扬地摇摆着小脑袋瓜。

上午 10 点左右，我们到达约定的太液池采莲图雕塑旁，可心和她妈妈也刚到一会儿。妈妈一边给我和可心在湖边照合影，一边和玉琼阿姨说话：“孩子们上初中了，进入青春期，我发现一诺变得爱臭美了。”

“可不是？可心今早为了穿什么出门还和我闹脾气呢。”玉琼阿姨蹲下身，想要抚摸一枝莲蓬。

莲蓬挑着细细的秆，立在叶片边缘开始泛黄的荷叶中。荷叶和莲蓬离岸边实在有点远，玉琼阿姨够不着，只好遗憾地摇摇头。妈妈通过镜头，捕捉着我和可心的身影。我俩一会儿站在岸边的大青石上，一会儿又从岸边的香蒲草中探出头来，一会儿还想去牵采莲仕女的手。

照片拍得差不多了，妈妈和玉琼阿姨都在岸边坐了下来，妈妈看着可心出神。可心今天穿着米白色的长袖针织连衣裙，小小低圆领，曲曲荷叶边，细细腰系带，缀有蕾丝白纱的裙摆，看起来成熟了不少。我拽拽可心腰部的绳结，好奇地问她：“什么时候买的裙子？好像没见你穿过。”

可心扭头指指她妈妈，趴我耳朵边轻声说：“嘘，悄悄地，这件连衣裙是我妈妈的。”

我扑哧一下笑了，好似找到了同盟军。我侧脸看着可心，心有同感地说：“你咋偷学我呢？我今天这件米色的长款外搭也是穿我妈妈的衣服。”

我远远听见妈妈问玉琼阿姨：“可心身上这件衣服怎么看着眼熟？”

“哎！能不眼熟吗？可不是上次咱俩逛街时买的那件连衣裙吗。”玉琼阿姨唉声叹气着。

“呵呵，跟一诺一模一样啊！一诺今天非要穿我的外搭。”妈妈看着我笑，我也冲她笑了笑。

“也不知现在的孩子怎么了？开始抢妈妈的衣服穿了。”玉琼阿姨好像在问我妈妈，又好像在问她自己。

我和可心起身向她俩走去，我们分别从背后搂住自己妈妈的脖子：“你俩是不是在说我俩的坏话？”可心率先向她妈妈发问。

“老实交代，都说我俩啥呢？”我摇着妈妈的肩。

“还能说啥？说你俩是‘臭美大辣椒’呗，放着自己的衣服不穿，非要抢妈妈们的衣服穿。”妈妈拍着我的手，扭头笑着。

“妈妈，你就知足吧！我能看上你的衣服，充分说明你青春、时尚、有品位啊，你应该感到高兴才对！”我想哄妈妈开心。

“就是，抢着穿你们的衣服，是你们的荣幸！”可心噘着小嘴自豪地宣称。

我俩拉起各自的妈妈，向游乐场区域跑去。平时在单位正襟危坐的两位医护人员，这会儿跟着我和可心不顾形象地疯跑。我身上的长款外搭实在有点碍事，腰带跑得散开了，好几次差点踩在脚底下要将我绊倒。可心穿上针织裙也不方便跑动，一只手提着裙摆，一只手拉着玉琼阿姨，有点像笨企鹅。

远远地听见人声鼎沸，看见人头攒动，没错，那就是游乐场区域。我最爱玩那组大型的滑滑梯，它是由四五组滑梯组合在一起的。滑梯有直道的，还有弯道的，更有弯曲管道状的。我喜欢爬上最高处，再从弯曲管道状的滑梯里滑下来，特别惊险刺激。滑梯上绝大多数都是幼儿园和小学的孩子，像我和可心这么大的初中生寥寥无几。两位妈妈站在滑梯外围，看着我俩像撒欢的小兔子一样上蹿下跳。

我的外搭太碍事了，玩了两三趟后，实在受不了，也跑热了，就跑到妈妈跟前，将外搭脱下来交给妈妈。妈妈不忘嘲笑我："你不是心心念念要穿吗？这一会儿工夫就不穿了？"

我擦着额头的汗，半是埋怨半是厌弃地说："刚开始光图好看了，其实不实用，活动跑跳都受限制。还是我们自己的衣服和校服实用。"

妈妈递给我一瓶水，帮我擦着汗："你现在知道了？还是自己的衣服穿着最舒服，学生要穿适合自己身份的衣服，什么年龄穿什么年龄段的衣服。"

可心也玩热了，跑到她妈妈身边喝水。她妈妈拽着裙子后摆看："叫你不要穿，你非要穿，看屁股后面都磨脏了，还起了很多毛疙瘩。"

"那有啥办法啊？要不这会儿咱娘俩换一下衣服？"可心故意逗她妈妈。

"你可拉倒吧，就顶着这一件祸祸吧，别再打我身上衣服的主意。"玉琼阿姨边说边给可心拍打着裙摆上的灰尘。

"以后你俩还抢妈妈们的衣服不？"我妈妈强忍着快要溢出的笑容，看着我和可心。

"抢！抢一辈子。"我和可心异口同声地回答她。

07 校园文化艺术节

西京中学有很多社团，诸如声乐、舞蹈、书法、绘画、民族乐团、管乐团、合唱团等。每年新生刚入校，各社团都要发展新成员。我小时候学过声乐，又在童声合唱团待过，所以考察来考察去，最终选了合唱团。可心看我选了合唱团，她也选了合唱团。何瑶从小练古筝，自然进了民乐团。

李子轩也不知从哪儿听说我报了合唱团，他也凑热闹似的报了合唱团，我高度怀疑是陶可心走漏了消息。每周二下午自习课时我们去音乐教室排练，这是我难得的放松时间。这天下午刚好是排练时间，我叫上可心拿上歌谱准备出教室。

“您二位等等我呀！我也是合唱团的一分子嘛。”李子轩边说边着急忙慌地从抽屉里拿出歌谱，朝我们追来。

我看见沈云溪不慌不忙地整理好书包，然后拿起靠在课桌旁的乐器盒，一副云淡风轻的样子。听他的名字，看他的样子，总让人想起青春偶像剧的男主角。

我很好奇，压低声音问可心：“你说他拿的什么乐器？小提琴？”

可心盯着沈云溪和琴盒看，即使出了教室门，也尾随着仔细观察：“看琴盒的大小和样子，应该是弦乐。”

“弦乐？还打击乐呢。我的小可心什么时候变得这么专业？观察得这么细致？不会是看上人家了吧？”我扭头逼她好好交代。

可心害羞了：“没有的事。是你问我呢，我才仔细观察的，这会儿又想给我扣大帽子。”

李子轩赶上我们后，看我们研究沈云溪的琴盒，遂拍着胸脯说：“这有何难？我帮你们问。”

“云溪，等一等，咱们一起走。”李子轩喊了一声。

沈云溪停下了脚步，我们两三步赶了上去。李子轩摸着琴盒问沈云溪："你背的什么琴？重不重？需要我帮忙吗？"

沈云溪摇摇头，淡然回应："二胡。不重，不需要帮忙。"

李子轩热脸贴了冷屁股，尴尬地冲沈云溪耸耸肩："All right（好）!"我和可心跟在他俩身后偷偷笑。

到了综合楼，沈云溪准备去一楼的民乐团，我们3个要去二楼的音乐教室。正准备上楼时，何瑶提着大大的琴盒和琴支架向楼门口快步走来。得亏何瑶身材高挑，古筝长长的琴盒背在肩上，才能看着赏心悦目。若是陶可心背着这么长、这么高的琴盒，那可真是拿琴盒当扫把了。我瞅瞅可心，瞄瞄何瑶，低头偷笑。

陶可心看见我在偷笑，就知道我又想拿她开心，扭头不理我，准备伸手去接何瑶手里的琴支架。我一把抢过琴支架，笑嘻嘻地交到沈云溪手里："诶，帮个忙呗，你俩都是民乐团的。"我边说边冲他眨眼睛。

沈云溪看了看何瑶，露出难得的云开雾散般的笑容："可以啊，很乐意为美女效劳。"

陶可心看着沈云溪的笑容，愣了下神："一诺，刚才沈云溪笑了？"

还没待我回答，李子轩轻敲了陶可心一个脑瓜蹦："想啥呢？就只许你笑，不许别人笑？"

“不是，不是，我就很少见沈云溪笑嘛。一诺，你说，他是不是总是冷冷的、不苟言笑？”

眼看他俩为这事要争论起来，我连忙催促道：“好啦！快走吧，要迟到了。”我拉起可心，和李子轩一道向二楼音乐教室跑去。

今天的排练格外重要，因为下周就要举办校园文化艺术节了。合唱团的老师对文化艺术节格外重视，根据高声部、中声部、低声部各声部的要求，把我们的合唱队形做了微调。在之前排练的几首歌曲中，老师挑选出一首中文歌曲《国家》和一首英文歌曲《Flying Free》（《自由飞翔》），今天进行重点排练。

我在高声部，陶可心在中声部，李子轩在低声部，中文歌曲《国家》由我和李子轩领唱。高声部的同学基本都是从学习声乐和合唱的同学中挑出来的，基本功较扎实。中声部和低声部的同学大多是音乐爱好者，基本功稍欠缺。不过李子轩是例外，他也从小学习声乐。

其实，就我个人的感觉来说，我觉得低声部更难唱。小时候我在童声合唱团时，主要在高声部演唱。后来由于低声部人员不足，导致音量较小，老师征求我的意见可否去低声部一段时间，以增加低声部的人员和力量。老师给出的理由很充分：“你音色好，音域宽广，3 个声部都能唱，你去还可以带带他们。”

这样的理由我又怎么能拒绝呢？唱了低声部后，我才知道低声部真的很难唱。要有很好的音准，声调要能低下来，还要有定力不被高声部带跑调。

指挥老师指挥调度着各个声部和钢琴伴奏，我们跟着钢琴伴奏一遍又一遍地练习。有时练着练着会被突然叫停，指挥老师指着低声部后排的一个男生：“张瑞鑫，不要东张西望，专心排练。”合唱团的其余同学就都扭头看向张瑞鑫。

“老师，我专心排练着呢。”张瑞鑫嘴里嘀咕着，辩解着。

指挥老师把右手搭在耳朵旁，侧向张瑞鑫的方向：“可是老师听不到你的声音啊，男生本身人数就少，所以你们一定都要出声啊！”

练习几遍后，老师会让我们休息一会儿，喝点水润润嗓子。杯子都在窗台上，于是大家聚在两个窗台周围喝水。

“李子轩，你又没帮低声部出多少力，喝那么多水干吗？”我边喝水边取笑李子轩。

李子轩喝完水，拧紧瓶盖，委屈地说：“谁说我没出力？只是因为低声部音调压太低了，声音小而已。不像你们高音部，音调高亢嘹亮，我们低声部动不动就被你们高声部带跑偏了。”

看着李子轩委屈的样子，我真是好笑：“是吗？充分说明你定力不行嘛，总是跟着我跑。”

陶可心看看李子轩，翻了个白眼给我："他跟着你还跑得少？小学同桌，初中又同桌，不会是商量好的吧？"

"谁说不是呢，总是阴魂不散地跟着咱俩，快成咱俩的男闺蜜了。"我拉上可心做伴。

可心放下杯子，推了我一把："你可拉倒吧，和我没有任何关系啊，我可不想当垫背的。"说完跑进合唱队伍里去了。

排练最后，老师交代了校园文化艺术节的注意事项，穿什么服装，化什么样的妆，还带我们到大礼堂的舞台上走了台，熟悉舞台环境。校园文化艺术节在一个周六的上午隆重开幕，时间定在周末，是为了方便家长来参加。参加文化艺术节演出的学生家长会优先收到邀请，家长们按照年级、班级片区集中在中间区域就座，参加演出的同学们在左侧区域就座，老师们自然在右侧区域。我妈妈在中间区域第三排靠近过道的位置坐着，她的右侧是李子轩的妈妈焦黛沫，再往右依次是陶可心的妈妈林玉琼、沈云溪的爸爸沈秋白，何瑶的爸爸何秋濯恰好坐在沈秋白叔叔身后。

沈秋白叔叔还是像刚开学见到他时那样忧郁，黑框眼镜后的眼睛像深潭，嘴唇紧闭，不苟言笑。他穿着正式场合穿的黑西装，打着暗红花纹的领带，有种酷酷的帅。听说沈叔叔是一名作曲家，难怪沈云溪二胡拉得那么好，人家有家庭艺术细胞呗。

我在民乐团的队伍里寻找沈云溪，想对比一下他和他爸爸谁更帅。民乐团为这次艺术节的演出，专门租了表演服装，不像我们合唱团，还是穿校服，让人很沮丧。我看到一袭红色礼服裙的何瑶身旁，正是沈云溪，他穿着黑色的中山装，帅气又文艺。

林玉琼阿姨比较活泼开朗，即便是沉默寡言的沈秋白叔叔坐在她旁边，也似乎受了她的感染，和林阿姨有一搭没一搭地聊了起来。何秋濯叔叔高大魁梧，坐在那里都比周围的男士要高出一些来。何瑶充分遗传了他爸爸的身高和长相，只是我没见过何瑶的妈妈，也不知长什么样，估计也很美吧！我只要看看何瑶就能想象得来。

民乐团的同学们带着乐器向舞台走去，他们在工作人员的帮助下，摆好乐器、琴架和琴凳，乐团人员全部就位后，男女两位主持人上场了，他们字正腔圆地道着开场白，报着幕："……第一个节目，请欣赏民乐团演奏的《金蛇狂舞》。"民乐团的指挥老师指挥棒一挥起，欢快的乐曲即刻响了起来。我盯着古筝区域的何瑶，即便有好几位古筝演奏者，她们都穿着同样的演出服装，我还是能一眼认出何瑶。看着她的弹奏，总是让人心情舒畅。二胡区域的沈云溪，也是很惹眼的主。别看他平时有点冷酷，一旦开始拉二胡，随着乐曲的韵律和节奏，他的身体、他的头发、他的表情全都生动起来，很是符合"金蛇狂舞"

的氛围。

合唱是第三个节目，我们合唱团的女生都扎着高高的马尾辫，化着淡淡的妆，穿着米白色长袖衬衫和卡其色百褶及膝裙，戴着红白格纹的领花。我的白色长筒袜和小黑皮鞋又出镜了，真是没想到它们竟然如此百搭，和什么衣裙都能配。男生穿着同样的米白色长袖衬衫，打着红白条纹的领带，卡其色长裤，显得很是精神。虽说是校服，但也有一种简洁朴素的美。

我们错落有致地站在舞台上，面带微笑地看着台下。合唱团指挥老师的指挥棒先指向了伴奏，伴奏的钢琴声响起。然后左手对着李子轩点了一下，李子轩用低沉的嗓音饱含深情地唱了起来："一玉口中国，一瓦顶成家，都说国很大，其实一个家。"指挥棒又轻点了一下我，我也充满激情地唱道："一心装满国，一手撑起家，家是最小国，国是千万家。"然后指挥老师双臂同时举了起来，各声部合唱的声音倾泻而出："在世界的国，在天地的家，有了强的国，才有富的家……"好像有一双大手打开了唱片机，歌声一下子流淌出来了。中声部的声音渐渐起来了，低声部的和声也开始烘托，美妙的和声，营造出家国一体、温暖幸福的感觉。

从我刚上台我就看到妈妈了，她坐在过道边的座位上，活动相对自由。我们的合唱还没开始时，妈妈就猫着腰，半蹲在过道里做准备。合唱刚开始，她就举起了相机，“咔咔咔”地拍个不停。林玉琼阿姨也没闲着，她正用手机录视频呢。焦黛沫阿姨是秦腔剧团的花旦，她正用手打着节拍跟着哼唱。中文歌曲《国家》唱完，观众报以热烈的掌声。

第二首英文歌曲《Flying Free》(《自由飞翔》)的歌声响起，观众瞬间安静了，静静地聆听我们的合唱。西京中学英语是优势科目，学生的英语口语和听力都很棒，校园流行的歌曲里，自然也包括英文歌。这首英文歌我们唱得炉火纯青，观众就像在听英语国家的合唱团在歌唱。“Like the bird above the trees，gliding gently on the breeze. I wish that all my life I’d be without a care and flying free.（像那树上的小鸟，随风飞舞多欢畅，我希望生活永远没有忧愁，自由飞翔。）”我们的歌声就像一只只美丽的“百灵鸟”飞上云端，在天地间自由飞翔，渐去渐远。

我们下场时，我回头刚好看到何瑶在上场口一侧候场，接下来的节目是何瑶的古筝独奏《渔舟唱晚》。我赶紧往观众席跑，准备好好欣赏何瑶的演奏。古筝已在舞台偏左呈 45° 角方向架好，何瑶穿着一身白纱面料的汉服款式裙裾，翩翩走上舞台，给观众鞠躬后就座。一双纤纤素手搭在琴弦上，“叮叮咚咚”的筝音由弱渐强传了过来。

这一段慢板悠扬如歌，我仿佛看见夕阳渐渐西沉，映红了湖光山色，看见渔民荡桨划舟的场面。何瑶的双手逐渐加快了弹拨的速度，罗袖随着纤手在翻飞，身体和着旋律在轻轻摇晃，柔顺的头发也在有节律地飘动。筝音速度逐渐加快，让人感受到渔民满载的喜悦之情。突然一阵急切的筝音如悬河倾泻，一双纤手在琴弦上翻飞，左手颤、按、滑、揉，右手飞快地弹拨。这一段快板的演奏，让我好似看到了百舸争流、浪花飞溅的景象。到达乐曲的高潮后，那双纤手慢慢轻抚琴弦，筝音慢慢归于柔和安宁，那是收获归来后的喜悦和宁静。

当最后一个音符画上休止符，观众爆发出雷鸣般的掌声。何秋濯叔叔看到女儿精彩的演奏，竟然激动地站了起来，眼睛都有点红了，他忘情地鼓着掌。直到四周的观众都看向他，他才意识到自己有点失态了。何秋濯叔叔双手合十给大家点头致歉，前排的沈秋白叔叔站起来跟他握手，祝贺他的女儿何瑶演出成功。何叔叔志得意满地坐了下来，又分别和左右两侧向他和他女儿祝贺的家长表示感谢。

后面的节目有独唱、钢琴演奏、民族舞、现代舞、武术等，在我扭头和陶可心说话之际，我突然听到女主持人报幕的声音：“下一个节目，二胡独奏《赛马》，表演者初一一班沈云溪。”沈云溪属于校草级别的人物，除了掌声之外，还有同学们的欢呼声，尤以陶可心的欢呼声最大。

沈云溪好像比刚开学时又长高了一些，一身黑色中山装越发衬得他面如冠玉、眼若流星。沈云溪一按弦一拉弓，即刻把观众带到了辽阔的大草原上。乐曲在群马的嘶鸣声中展开，他运用跳弓、弹弦、颤音等手法，将赛手轩昂的气宇、骏马奔腾的气概和昂首嘶鸣的气势惟妙惟肖地展现出来。沈云溪的二胡演奏，运用奔放的旋律，营造出磅礴的气势、热烈的气息，我仿佛看到蒙古族牧民欢庆赛马的盛况。

舞台上的沈云溪，还是那个我印象中眼神忧郁、表情清冷的酷男孩吗？我觉得我好像不认识他了。整个演奏过程中，沈云溪是那样的活力四射、激情飞扬，就像一匹飞驰在辽阔大草原上的骏马。我身旁同样有一匹活力四射的小骏马，陶可心从沈云溪一登台，就像触电了一样，浑身都在跳动。她还拿出许久不练的舞蹈童子功,坐在座位上和着节拍跳起了蒙古族舞蹈。坐在动静这么大的陶可心身边，我感觉观众席中好似有一束束追光罩着她，顺带把我也罩了进去。座椅是连排的，陶可心跳动的幅度越来越大，我们这一排的同学都跟着她晃动起来。

“陶可心，不至于吧？沈云溪拉个二胡，就把你激动成这样？”李子轩被晃得有点头晕，还依然不忘揶揄陶可心。

“要你管？云溪同学二胡就是拉得好嘛！我就喜欢给他伴

舞，咋啦？”陶可心双肩抖动得更欢了，还不忘冲李子轩做鬼脸。

“说实话，陶可心，我觉得你坐在座位上跳的蒙古族舞蹈，比刚才初二的那位小姐姐的蒙古族独舞还有感觉。你干脆上台去吧，去给你的云溪同学伴舞去！”我故意刺激陶可心。

“别以为我不敢噢，我这会儿就去。”陶可心作势要起身。

“你快坐下吧！小心你妈妈晚上回家找你谈话。”我的话被突然爆发的掌声和欢呼声淹没了。

我终究还是没拉住陶可心，她兴奋地站了起来，边鼓掌边喊好，已不见了往日文静淑女的样子。

校园文化艺术节在热情欢快的群舞中落下了帷幕，我们见识了同学们的多才多艺，也感受到了丰富多彩的校园文化。校园文化艺术节虽然落幕了，但它留给我们的谈资可是一直持续着。

08 小鬼当家

时光倏忽如闪电，初一第一学期毫无征兆地结束了，第二学期也如约而至。我们熟悉了学校、熟悉了老师，同学们之间也彼此熟悉了。元宵节后正常开学，同学们还没从寒假和春节的氛围中完全走出来呢，春和景明的清明时节就来了。

利用清明假期，爸爸、妈妈准备带我回家乡给太爷爷、太奶奶上坟。西京城是阴转多云的天气，不冷不燥，很是舒适。往年清明都是细雨纷纷，这次罕见地没有下雨。清明上坟穿衣有讲究，爸爸穿了一身黑色的西装，妈妈穿米白色套装，我穿白色印花T恤配牛仔裤。

当妈妈看到我的穿着时，专门从衣柜里取出一件浅色的外套递给我，叮嘱道："一诺，加件外套，春捂秋冻。"

我把外套塞回妈妈手里，极其抗拒地说："你看现在的天气，有人都穿半袖了，还让我穿那么厚。"

"小傻瓜！咱要回渭北塬上，整体气温比西京城低3~5摄氏度，回去有你受冻的。"妈妈苦口婆心地劝导着我。

爸爸也担心我受凉，希望我能听妈妈的话。可我不为所动，继续一意孤行，爸爸、妈妈拿我也没有办法。

我们沿福银高速一路西行，越往西，天色越发显得阴沉，渐渐地飘起了细雨。路两旁的果园笼罩在烟雨里，苹果园是一片粉红的雨雾，梨园是一片米白的雨烟，车前是雨雾蒙蒙、烟雨弥漫。出了高速口，雨丝越来越密，变成了雨线，风也大起来，吹得雨线斜斜地飞。

出了家乡的高速出口，翻越一条小沟，就来到了公墓。墓地周围都是青青麦田，上坟的人一拨接一拨的，有穿着雨衣的，有打着伞的。下车之前，妈妈将她的外套脱下来让我穿上，担心我受凉感冒。爸爸要脱他的外套给我，我嫌颜色不好看没要。我们打着伞来到墓前，春节期间，爸爸、妈妈刚给坟上培过土、除过草，现在经过春雨的浇灌，坟头又是绿草青青。爸爸给坟上用土块压了黄表纸，妈妈在小龛里点上蜡烛，然后我们一起上香、烧纸钱。

上过坟后，我和爸爸、妈妈回到老宅院。砖缝里的杂草需要拔除，风刮来的树叶也需要清扫，只有小菜园里杏树和梨树的片片落花舍不得清理。爸爸、妈妈冒雨打扫着院子，我就摘下梨花枝编成花环戴在头上，想象自己是梨花仙子，在雨中翩翩起舞。

“一诺，赶快进屋子去，小心淋雨感冒！”妈妈赶我进屋子。

“妈妈，你也进屋子吧，你的衣服都湿了。”我裹紧妈妈的外套，劝妈妈进屋。

“阿嚏！阿嚏！”妈妈打开喷嚏了。

“你跟娃赶快回房间，把电暖气打开烤一烤。”爸爸抢过妈妈手里的扫把赶她进屋子。

妈妈回房间后又打了几个喷嚏，还有点流清鼻涕。她虽然感觉身体不舒服，还是坚持着用电磁炉热了带的食物，等爸爸干完活我们一起吃了午饭。爸爸见妈妈受凉打喷嚏流鼻涕，就赶快在衣柜里找了之前带回老家的旧衣服，硬让妈妈凑合着穿上。

然后转身在我肩头拍了一下，嗔怪道：“小犟妞！都怪你不听话！早晨你妈妈让你穿外套，你偏不穿。老家下雨了，她把外套给了你，现在淋雨感冒了。”

由于妈妈身体不舒服，我们简单收拾了一下屋子，就抓紧时间返回西京城了。

当天晚上，妈妈感冒病情加重，还发烧了。爸爸安顿妈妈吃过药，她就早早地歇下了。清明假期第二天，刚好赶上爸爸值班。爸爸早上8点出门前，有些不放心，特意交代我：“一诺，你妈妈生病了，今天就靠你照顾她了。”

“放心吧，我一定把妈妈照顾得妥妥的。”我“啪”的一个立正，给爸爸敬了个礼，信誓旦旦地保证着。

可爸爸刚一走，我就犯愁了。我走进妈妈的卧室，妈妈还在迷迷糊糊地睡着。我用手摸了摸妈妈的额头，还稍微有点热。我就学着我小时候生病时，妈妈照顾我的样子，用温水毛巾给妈妈敷额头降温。还倒了糖盐水让妈妈喝，给她补充水分和电解质。

早餐做什么呢？一般生病的人没有胃口，又特别怕油腻，那就熬白米粥好了。我心想这个简单，不就是锅里放点水撒点大米嘛，然后水烧开就好了。但真轮到自己熬粥了，才发现远没有那么简单。我不知道该放多少水？在妈妈卧室门口探了探，发现妈妈又睡着了，只好自己研究吧。锅中间部位有一圈凸起的环，是用来架蒸笼的，那就把水接得比环低点就行了吧？更不知道要放多少米？亏得米袋子里有个小量杯，我量了一小杯米，淘洗干净放进锅里，又在蒸笼上放了两个包子，打开煤气灶，蓝色的火焰舔着锅底。

既熬粥，又馏包子，真是一举两得。想着粥需要好好熬一阵，我就离开厨房，准备做会儿作业。做了几道数学题后，我隐隐约约听见厨房有扑哧扑哧的响声，这才想起自己在馏包子、熬粥。我赶快往厨房跑，只见灶台上溢出来一大片米汤。我慌手慌脚地关了火，揭开锅盖，包子已被溢上来的米汤泡烧了，米油都要溢完了。

幸亏妈妈没看见，要不然定会唠叨我几句。我打开冰箱，看到了小黄瓜，那就拍个黄瓜当小菜。想想自己刀功不行，还真的只能用刀拍。我拍好黄瓜后，淋上妈妈之前调好的蒜汁子，看着还不错。

我叫妈妈起床，在她洗漱的时候，我盛好粥，放好拍黄瓜，摆好碗筷坐在餐桌旁等她。

妈妈洗漱完走到餐桌跟前，看了看粥和小菜，摸着我的头感慨道："幸福呀！吃上'小棉袄'做的饭了。"

"这不算啥，你女子我还没放大招呢，午饭时您再瞧好吧！"我大言不惭地夸下海口。

妈妈坐了下来，拿起小勺喝了口粥，又用筷子夹了块黄瓜，

细细地咀嚼咽下。妈妈微笑地看着我："好吃！谢谢宝贝！你现在长大了，能给妈妈做饭了。"

"那当然了，妈妈以前总担心我一个人时会饿肚子。现在我会做饭了，一个人饿不着了，而且还能照顾你，你就放心吧！"我递给妈妈一个包子，自己也拿起一个包子吃。妈妈就着拍黄瓜喝着粥，满脸幸福的表情。

吃过早饭，我洗刷了锅碗。等到饭后半小时，我给妈妈倒好温水，及时提醒妈妈吃药。妈妈看着忙前忙后的我，不由又笑了："感觉今天我是宝宝，你是妈妈。"

"好啊，咱俩今天就互换身份吧。我当小妈妈，你就当大宝宝，由我来照顾你。"我把药递给妈妈，看着她吃完药，扶她躺好，又帮她盖好被子。我顺手摸了摸妈妈的额头，已不太热了，有些潮潮的感觉。看来是出汗了，退烧了，真好！

也许是吃了感冒药的原因，不大一会儿工夫，妈妈又迷迷糊糊睡着了。我回书房继续写作业，还不时看一眼手表，唯恐错过做午饭的时间。上午 11 点，我准备开始做午饭。那做什么好呢？又不好叫醒妈妈问。面条不会做，米饭需要炒好几个菜，难度都有点大。我打开手机，上网搜索起来。突然一个做饭视频吸引了我的目光，只见成品食物就像盛开的三朵牡丹花。有了，就是它了。

我反复看了三遍视频，确定自己已经记下操作步骤了，才开始动手做。我先取3个馒头，分别横竖切刀，最下面不能切断，这时馒头就变成了开花状，我将它们放入烤盘中。我又切了胡萝卜丁、火腿丁、小葱花，并将它们撒入开花状的馒头中。然后打好鸡蛋液，撒入少量盐，再将蛋液均匀地浇在馒头上。将烤盘放入烤箱，180℃烤10分钟左右。

在等待的时间里，我打算做个西红柿鸡蛋汤，热两个糯米红枣粽。粽子好加热，架在蒸笼上蒸就好了。西红柿鸡蛋汤不用看视频学习,因为妈妈以前做的时候我见过,相信自己能做好。我把西红柿切小块，小葱切段，两个鸡蛋打成蛋液。铁锅烧热，倒入少许食用油，稍稍炒一下小葱段和西红柿块，最好炒出点西红柿汁，然后加入两小碗开水，再把蛋液边搅边倒入汤中，放入少许盐、鸡精调味，西红柿鸡蛋汤就做好了。

想着妈妈嗓子不舒服，我就切了酥梨，洗了葡萄。为了给妈妈增加营养，我又热了两杯牛奶。牡丹馒头的烤制时间到了，我戴上烤箱专用手套，取出烤盘，特殊烤制的馒头真的变成了3朵盛开的牡丹花，就是那种花瓣很繁盛、开得很怒放的牡丹花。我把烤盘放在餐桌的防烫垫子上，两边放两碗西红柿鸡蛋汤，将热好的糯米红枣粽剥好分别放入两个小方碟中，摆好牛奶、酥梨、葡萄，还加了一小碟小米锅巴。

我走进妈妈卧室，看到妈妈正在翻身，我故意弯腰托着手说："母亲大人，用膳啦！"

妈妈听到我的呼唤，睁开眼看了看我，难以置信地问："午饭好了吗？"

"母亲大人，请将'吗'字去掉，午饭好了！"我认真地纠正着妈妈。

妈妈起床洗手来吃午饭，还没走到餐桌跟前，她就开始惊呼："天呐！一诺宝贝，你竟然做了这么丰盛的午餐！快让我先拍张照片发朋友圈嘚瑟一下。"

妈妈好似忘了她在生病，兴奋激动得不得了。妈妈真的拍了照片，也真的发了朋友圈，当然也没忘发照片给我爸爸看。

"这牡丹花是什么做的？"妈妈一边用筷子夹了一小块品尝，一边很是好奇地问我。

"看不出来吧？这是馒头做的。"我甚是得意。

我给妈妈大概讲了一下牡丹烤馍复杂的制作过程，妈妈只是一个劲儿地"啧啧"咂舌头。她一边吃着牡丹烤馍、喝着西红柿鸡蛋汤，一边还不忘用左手给我竖个大拇指。即便这么忙，她也不忘瞄手机，看到朋友们羡慕嫉妒的回复，妈妈格外开心满足。

爸爸收到妈妈发过去的美食图片后，很快给我们打来电话。

我先接听："一诺宝贝，今天怎么这么能干呀？做了这么别致的饭菜，还把你妈妈照顾得这么好，爸爸真为你感到自豪和高兴！"

"没想到吧？你女儿也会做饭了。"我故意给爸爸显摆。

"提出表扬！爸爸待会儿给你发个微信红包鼓励一下。"

"耶，谢谢爸爸！"我举起左拳向上挥舞了一下。

换妈妈接电话了，妈妈语气很欣慰地说："若衡，你不用担心，一诺把我照顾得很好，早饭、午饭变着花样给我做。真是长大了，会照顾人了。"

然后妈妈转头看向我，既像是对爸爸说，又像是对我说："今天，我们家是小鬼当家！"

09 盼望已久的军训

初一第二学期的“五一”国际劳动节，真的是劳动节啊。因为“五一”劳动节后，学校要进行期中测试，所以“五一”劳动节期间,我基本在家复习。5月1日是假期的最后一天,爸爸、妈妈决定陪我出去转转。

下楼的时候，爸爸、妈妈还在商量去哪里。我两天都没有下楼了，看见什么都新鲜。路过小区的小花园时，石榴树已经开花了。石榴树是很神奇的树，春天发芽较晚，但是经过几场春雨的洗礼，它的小芽很快就冒出来了，而且见风就长。那细长的绿色小叶子，好像春姑娘用手揪长的。我用手摸了摸石榴火红的花朵，还捏了捏没绽开的花苞，思考着它和美女们的石榴裙有什么关系。

“一诺，可还记得和石榴有关的诗句？”妈妈真是抓住一切机会让我学习。

“年年石榴花开的时候，你都要问我，烦不烦？”连着两天在家看书学习，说实话我真有些烦躁了。

“你妈妈担心你忘了嘛，看到什么就想问一问。”爸爸赶忙打圆场。

“小时候背过的诗，那还能忘了？你闺女张嘴就来，‘五月榴花照眼明，枝间时见子初成’‘浓绿万枝红一点，动人春色不须多’”。随口背完两句诗，我高高扬起下巴，挑战似的看着妈妈。

“不错嘛，还记着呢。你背的第一首诗是唐朝韩愈的《榴花》，第二首诗是北宋王安石的《咏石榴花》。”妈妈不厌其烦地给我提醒着。

“好啦，你俩和石榴花杠上了？那不如这样吧，咱就去南门榴园如何？”爸爸见缝插针地提议出游目的地。没人反对，那就是一致通过了。

西京城古老明城墙的南门又称永宁门，是西京城首屈一指的网红旅游打卡地。一家人到达南门广场后，广场上依旧是人潮涌动。吊桥古朴，闸楼高耸，箭楼气派，正楼宏伟。护城河水泛着绿意，杨絮、柳絮漂浮在河面上，几只鸭子闲闲地游着。我们先在吊桥和闸楼前照了相，然后往南门东侧的榴园走。

南门东西两侧护城河外，建有榴园和松园。顾名思义，榴园以石榴为主题，园内遍植形态各异的石榴树，比小区花园里的石榴树更具美态。园区将仿古建筑、庭院水景、下沉广场、踏步阶梯和街区融合在一起，给人们提供了一处休闲娱乐的好去处。我和爸爸、妈妈转一转、逛一逛，累了坐在小咖啡馆里喝咖啡，抬头可见雄伟的明城墙。歇好了，起来走一走，俯首可见护城河碧波荡漾。“五一”假期的最后一天，真是让人好好放松了一下。

期中考试如期进行，两天的紧张考试结束后，便紧跟着召开了家长会。我的成绩依然处于中游状态，妈妈为此很忧心，爸爸就更焦虑了。我知道这个时候我要很乖很听话才行，否则会勾起爸爸、妈妈的无名之火。想想几天后的军训，我心里充满了期待。

星期一早上，同学们乘坐大巴车到达军事训练营。放下行李，我本想着能先歇一歇呢。没想到教官通知同学们领取迷彩服，换好迷彩服后，我们即刻投入紧张的军事训练之中。

我们的教官是位年轻帅气的战士，瘦瘦高高的，皮肤黑黑的，一双眼睛像黑猫的眼睛一样有神，矫健的动作像猎豹一样敏捷。同学们一下子就喜欢上了他，特别是女同学。可是这样帅气又可爱的教官，也有他严肃严厉的一面。我们先进行队列训练。教官让同学们按照男女分组，由高到低排成两排，然后1、2报数。同学们说说笑笑、推推搡搡地排着队，好一会儿都没排好。

“稍息，立走，向右看齐。”小教官突然板起面孔，大声喊出口令。

同学们被口令声惊住了，再一看教官的脸板得和砖一样平，也不敢嘻嘻哈哈了，马上按照口令做出相应的动作，迅速排成两排。教官又把一些身高排位不准的同学揪出来，塞到合适的位置上。

“全体都有，1、2报数。”教官立正面向同学们发出口令。

“1、2，1、2……1、2、3……”同学们哄堂大笑。

“谁？初中生了，1、2报数不会吗？再报错就出列面壁思过去。”小教官发火了。

同学们再也不敢大意，认真报完数。“全体都有，报1的同学向前一步走。”

同学们乖乖照做了，很快队伍变成了4排。我在班级女生中属于中等偏上的身高，我站在了第一排第三个位置。“稍息，立正，向右转。”我看到了陶可心，她被甩在了第二排的倒数第三个。她向右转的同时，还不忘回头和我眼神交流。

我们一直在练习齐步走。5月中旬的西京城，已经热起来了。同学们穿着迷彩服，感觉特别不透气，很快头上、身上就出汗了。真是不明白，一个简单的齐步走要反反复复地训练，难不成要练出花来？“向后转，齐步走。”教官下达了口令，“一二一，一二一……”李子轩是第三排的排头兵，也就是基准兵，他们那一排是要以他来看齐的。沈云溪身高和李子轩差不多，他是第四排的排头兵，这时的他，变成了整个队列的排头。教官多次强调齐步排面要整齐，要做到整齐划一。要想做到这一点，没一两天时间的训练是很难达到的。

李子轩看样子是练得不耐烦了，齐步走的过程中还不老实，用手拽左邻的袖子。看到左邻不理他，他又去骚扰前排的沈云溪。他故意把步子迈得很大，去踩沈云溪的鞋。沈云溪的鞋被踩掉了，他一看就知道是李子轩故意的。他借着弯腰提鞋的工夫，给李子轩尥了一蹶子。李子轩没防备，一下子被尥倒了，他向正在提鞋的沈云溪扑去。两个基准兵乱了，整个队列都乱了。

“你们两个出列，罚你俩每人做50个俯卧撑。其余同学

休息。”教官指着他俩威严地宣布着。

“为啥呀？”李子轩有意见地嘟囔着。

沈云溪没吭声，老老实实趴下。他仰视着李子轩，用口型说：“赶快趴下，老老实实做俯卧撑。”

李子轩无奈地摇摇头笑一笑，趴下做起了俯卧撑。男同学、女同学围成一圈，给他俩数数加油。一场惩罚性的俯卧撑，让他俩整成了俯卧撑比赛。真没看出来，往常沉默寡言的沈云溪，还是很有力量的，俯卧撑做得又好又快。李子轩也不甘示弱，身体撑得平平展展，一俯一撑地做起来。

“沈云溪，加油！沈云溪，加油！”可心和一部分同学给沈云溪大声加油。

李子轩做着俯卧撑，还不忘瞪我：“喂，同桌，你也给我加加油啊！”

“噢，不好意思，刚看忘了。”我立马进入状态：“李子轩，加油！李子轩，加油！……”

李子轩仿佛打了鸡血一样，越做越快，竟然赶上了比他先开始的沈云溪。“47，48，49，50”，最后两拨加油的同学合成了一队。小教官在一旁背着手，两脚与肩同宽地站立着，很是威严有范。

晚饭后，我们集中在活动室学习叠被子。只见活动室中央的一张乒乓球台子上，摊开了一床军被，已不是通常的军绿色，颜色洗得有些泛白。我们围在乒乓球台周围，像看表演一样看教官叠被子。

“一诺，真不明白叠被子有啥好学的？”可心挽住我的胳膊，小脑袋靠在我的肩头，瞌睡得眼睛都快眯住了。

我耸耸肩，想让她清醒点：“好好看，认真学，明早要检查内务呢。”

“叠军被要掌握好六字要诀‘压、量、切、塞、抠、修’，我先演示‘压’。”只见教官把被子铺展，用有力的双手一遍一遍地把被子压平整，然后顺着纵轴三分之一折叠成三叠。教官俯下身子，用双肘的力度反复压平被子。拇指和食指张开量好尺寸，用手掌切出约 10 厘米宽的折印，中间位置切出约 20 厘米宽的折印,然后叠起来,再把超出边缘的部分朝里面塞一塞。

“同学们现在注意看，抠被子的棱角是很重要的，要用拇指和食指细细地抠。”教官边说边演示。

“云溪，你看教官像不像在绣花？”子轩歪着头问沈云溪。

沈云溪看着教官认真的样子，不易察觉地笑了。

抠完被子的棱和角，教官站远一点欣赏他的杰作，哪里高了，他会轻轻往下压一点，哪里低了，他又会很小心地揪起来。他提醒同学们：“大家注意，俗话说军被‘三分叠七分修’，这最后一步很关键。”

现场教学结束，同学们回宿舍开始练习。下铺的同学叠被子相对方便一些，上铺的只能另选地方。我们将地面用抹布擦干净，把被子直接铺在地上叠。

同学们压被子的时候，把能想的招都想了。有的跪在地上，把全身的力气灌注在双肘上，用双肘和前臂反复平压被子；有的取出小马扎，用小马扎的凳子面压被子；还有调皮捣蛋的，睡在被子上打滚，想把被子压平……我是用双肘压被子，感觉胳膊肘和前臂皮都快磨掉了，被子压得差不多了，我学着教官的样子开始叠军被。

叠军被看似简单，实则很难，特别是要叠得像豆腐块，可不是一天两天的工夫能叠出来的。一趟军被叠下来，我出了一身的汗，跟跑了个 3 千米差不多。叠好被子，我把被子端端正正地抱到床铺上，左右端详，甚是满意。

不知可心的被子叠得如何了？我绕过满宿舍地面上的被子,出门去找可心,过道里还有很多上铺的同学正在和被子作战。宿舍门右侧,有一个正低头抠被子缝的小女生,她细心地抠横线，然后歪头端详一下，再抠竖棱，再端详一下。

“可心，绣花呢！”我突然出现在可心身后，轻轻一拍可心的肩。

“哎呀，吓死我了，你走路咋不出声呢？”可心捂着心口直呻唤。

“来，让我看看妹妹叠得如何了？”我抱着双臂，踱着步子，观察着可心叠的被子。

“咋样？能过关不？”可心满脸担忧地看着我。

“嗯，你可能被子压得不够平，被子有点软，叠出来还不够平整”。我学着教官的样子评价着。

可心着急了：“那怎么办？马上熄灯呀，我还没洗漱呢。”

我咯咯地笑起来，抱起可心的被子：“逗你呢，你的被子叠得蛮好的。”

“坏一诺，又吓我。”可心的小拳头捶向了我的肩。

10 军训的苦与乐

那天晚上，绝大多数同学都是和衣而眠，不舍得拆开被子睡觉，我和可心也是穿着迷彩服睡了一晚上。

第二天一大早，同学们被集合的哨声惊醒，我们又开始了一天的训练和生活。军事训练营在西京城的南山脚下，清晨，训练场笼罩在一片薄雾中。远处的山峦，像剪影画，天空是画的底色。我们在薄雾中跑步，喊着“一二一”，脚步“咚咚咚”地踏着地面，我们的喊声和脚步声，把薄雾赶得更薄了。

今天训练难度增大了，练习正步走。列队站好后，小教官先给我们演示一遍。他自己给自己喊着口令："正步——走。"我们突然感觉像看到国旗班的战士了，那么威风，那么刚健。"立定"，小教官稳如松地站定了。我们鼓掌欢呼起来，"好棒呀！""帅气！""酷！"

教官挥挥手，我们静了下来。"下面我先给同学们讲解一下动作要领。听到口令后，左脚向正前方踢出约 75 厘米，腿要绷直，脚尖下压，脚掌与地面平行，离地面约 25 厘米，适当用力使全脚掌着地，同时身体重心前移，右脚照此法动作，上体正直，微向前倾。"教官边讲解边做动作。即便是演示动作、分解动作，教官做得也很标准，左脚踢出后，右脚稳稳地站着，右臂摆在胸前，左臂向后摆去。

同学们在队列里窃窃私语，"好难呀！""教官脚尖绷得真直！"教官下达口令后，同学们开始一步一动地进行分解动作练习……

雾渐渐散了，太阳出来了。阔大的训练场地，已被我们年级各个班的同学们分片承包了。在这阔大的训练场里，没有一棵树，炙热的阳光从头顶照下来，水泥地面也反射着太阳的光芒。我的头发汗湿了，脸也被晒得好烫，胳膊和腿都好酸好痛。我望着远处训练场边的梧桐树，真想坐在它的树荫下，再来根大雪糕。

娇小的可心，罩在宽大的迷彩服里，像只可爱又笨拙的小熊。看她踢腿抬臂，总担心她会被宽大的迷彩服绊倒。李子轩、沈云溪不愧是三、四排的排头兵，正步走得已经相当有范了。

“李子轩、沈云溪出列，你俩来给同学们做示范。”在教官的口令下，李子轩、沈云溪开始正步走，他俩的动作给同学们带来了美的享受。

踢了一天的正步，可把同学们累坏了。下午不到 4 点，同学们就饿了，不停猜测晚饭吃什么。晚饭在同学们的热切盼望中到来了，当然饭前一支歌是永远少不了的。在歌曲《学习雷锋好榜样》的尾音中，同学们冲进了饭堂。一桌 10 人，六菜一汤，一盆米饭。初中的男生、女生都是刚刚走进青春期，再加上军训，饭量大得惊人。虽说每盘菜的量不小，但是哪里够同学们“饿虎扑食”？动作慢的同学还没夹几筷子菜，盘子就见底了。

饭堂的饭吃不饱，我们就把目标锁定在训练基地的小卖部。晚上例行学习后，同学们准备洗漱。我揉着扁扁的肚子呻唤：“好饿呀！你们饿不饿？我想吃方便面。”

可心立马附议：“一诺，我也想吃。”宿命里的其他同学也都想吃。

“可是军训期间教官不让买零食，不让吃零食。”有同学小声提醒我。

“不用担心，我偷偷去给大家买方便面，你们去打开水，回来开泡面宴席。”我给大家吃着定心丸。

一出宿舍门，我撒腿向小卖部跑去。可惜小卖部的方便面只剩下康师傅麻辣牛肉面了，我买了一小箱。拎着一箱方便面回到宿舍，我装模作样地敲了敲大开的门：“同学们，美味的方便面来啦！”然后双手捧起方便面箱子，高高举过头顶。

没有我意料中的欢呼声，也没有我意料中的“饿虎扑食”样，这可不是她们的作风啊。只见可心朝一侧努努嘴，并向我眨眨眼。我往可心努嘴的方向看去，只见帅气的小教官正气定神闲地看着我。我想把一箱方便面藏到身后，可是已经来不及了，教官已然看见了。

“教官，你想吃方便面吗？”我弱弱地问了一句。

“王一诺，你说这个事情如何处理？”教官板着脸，表情极其严肃。

我心里快速地闪过违反纪律的处罚措施，哪一条都够丢面子的。“算了，我去把方便面扔了。”我转身向走廊里的垃圾筒走去。

揭开垃圾筒盖，我正准备把一小箱方便面扔进去，可我的手被一只有力的大手抓住了：“用钱买的，扔了怪可惜的。这样吧，你给我，我去小卖部帮你把方便面退了。”

偷吃方便面未遂，这天晚上我饿得睡不踏实。早晨5:30，紧急集合的哨声响起，我一个骨碌爬了起来，挨个叫醒了同宿舍的人。就这样，我们宿舍是紧急集合速度最快的宿舍，也是无一人迟到的宿舍，也算是因祸得福。我站在第一排，有幸目睹同学们紧急集合的诸般洋相。教官用手电筒照着一个个从宿舍楼奔出的狼狈身影，就像给每一个人打了追光。李子轩没有系鞋带，沈云溪好像穿戴挺整齐的。教官用手电光在沈云溪脚面晃了晃，“沈云溪，提起裤腿。”沈云溪磨磨蹭蹭地提起裤腿，大家一看，都哈哈大笑起来，原来他只穿了一只袜子啊。

军训的最后一天是汇报展演的日子，上午进行军训成果汇报，下午返程。一开始是走分列式，以各班为单位，同学们踢着正步走过主席台前。这个时候，我的脑海里显现出天安门广场的大阅兵。我们班的领队和标兵是李子轩和沈云溪，他俩身高体型相近，穿着军装，踢着标准的正步，煞是吸引人。后面还展示了队列、齐步走、跑步走等军训项目，重头戏是我们几个班共同组成的手语舞方阵。

当《堂堂正正一辈子》的音乐响起，我们开始了满含激情的表演。“人在年少时，一定要立志，经得起风雨，才能长见识……”这歌好像专为我们写的，为这个手语舞，我们大家好几个晚上都在加班排练。有天晚上下着雨，我们就站在雨中排练。我是领舞的同学之一，有时回到宿舍，我还会偷偷再练会儿。最后这个节目获得了大家的一致好评，看来我们的辛苦没有白费。

午餐的时候，大家都很高兴，学校也罕见地给每张餐桌加了可乐和雪碧。同学们笑着、闹着，有些同学竟拉着教官的手哭了，把教官惹得眼圈都有点泛红。

到了该说再见的时候，让我们挥一挥手，和训练场说再见，和那些围墙旁的梧桐话别，和苍苍南山道别。

11 矫正牙齿要拔牙

六月的天气，一天天热起来了。我们也换上了米白色半袖衬衫和卡其色百褶裙，系上红白格纹的领花。领花点缀了半袖衬衫的朴素，又呼应了活泼俏皮的百褶裙，有画龙点睛之效。再配上白色长筒袜、黑色小皮鞋，让人眼前为之一亮。

可惜这身我们最喜欢的夏装，总是很少有上身的机会。除非周一升旗仪式或学校重要的活动场合，才会统一让我们穿这身漂亮精致的夏装正装。大多数时候，我们一年四季都穿着运动服系列。夏季是白底淡绿花纹的T恤，下配蓝色运动裤，只在运动裤的两侧口袋附近加上装饰性的白绿相间的装饰纹样。

真不明白为什么总要求我们穿运动服，运动服是运动时穿的，有体育课的时候需要穿很正常，但其余时间大可以穿正装校服呀。因此我们的正装校服基本都是闲置着，小学六年，我的运动校服都买过两身了，而且赶毕业时都穿旧了，我的冬夏两季的正装校服都还新新的。同学们内心都非常渴望除了体育课当天之外，其余时间可以正常着正装校服，这样穿同学们不知该有多精神？为什么非要让学生天天穿着宽大的运动校服呢？

初一的日子在快乐惬意中度过，每一天都是阳光明媚、花红柳绿。暑假我和何瑶、李子轩、沈云溪去了趟翠华山，陶可心回老家了，所以没有和我们一起去爬山。

翠华山在西京城南，是夏天人们纳凉避暑的好地方。翠华山满目皆翠，满眼皆绿，无愧这个“翠”字。翠华山还有“中国地质地貌博物馆”的美称！登山的过程，简直就是在山崩奇观中穿行。

李子轩、沈云溪在前面开路，我和何瑶殿后。有些险峻的地方，还需借助他俩的帮助。我们在风洞、冰洞里凉快了一阵，歇一歇，喝点水。

李子轩好奇：“你们说冰洞里真有冰吗？”

我四处看了看，发现石头的缝隙中闪着亮光：“你看，那不是冰吗？”我指给李子轩看。

李子轩走近摸了摸，发出惊叹：“真的是冰呀！”

何瑶推了推沈云溪，撇着嘴笑话我和李子轩：“瞧瞧他俩那没见过世面的样子，咱不等他们了，让他们继续摸冰去。”沈云溪难得一见地笑了，尾随何瑶向洞口走去。

“等等我俩，小心你俩迷路了。”我拉起李子轩也出了冰洞。

我们的最后一站选在翠华山天池。爬山爬累了，刚好坐在天池边的大石头上休息。那一汪碧水、四面青山，仿若仙女遗落人间的绿宝石。我和何瑶背靠背坐在大石头上，说着小女生之间的悄悄话。李子轩和沈云溪坐在大石头旁的草地上，探讨着打篮球的技术和方法。翠华山上凉爽的夏风，吹去夏日的浮躁，我真想整个夏天都在山里度过。

快乐的暑假总是过得很快，转眼我们就进入了初中二年级。国庆节期间，妈妈说要带我去看牙齿。我的牙齿在妈妈的监督下，换牙还算顺利，唯一的遗憾就是两颗上门牙稍稍有些外突，两侧小虎牙有些偏外侧，牙列稍显不整齐。

对于看牙，我总是有些紧张。去看牙之前，妈妈已经提前和我沟通了好多次。妈妈问我：“你们班里矫正牙齿的同学多吗？”

我想了想回答妈妈："差不多有十来个吧。"

妈妈又问："女同学多还是男同学多？"

"当然是女同学多了，女孩子更爱美嘛。"我肯定地回答妈妈。

妈妈带我去了她们医院的口腔科，给我看牙的男医生是妈妈的同事，我听妈妈称他张医生。我躺在牙科治疗椅上，张医生很细心地给我做了检查，又给我拍了口腔 CBCT，听妈妈说这个机器全称叫口腔颌面锥型束 CT。不一会儿，我就在牙科治疗椅前的电脑屏幕上，看到了我的牙齿还有口腔结构的整体影像。

图像真的好清晰呀！有整体三维立体成像图、曲面断层图、头颅侧位图、颞下颌关节图。张医生指着屏幕给我和妈妈讲解，我像听天书一样，只见妈妈在频频点头。还好妈妈学医，她能听懂，我就不用担心啦。听张医生给妈妈说还要做全口牙齿模型，后来张医生就拿来托盘托着的胶冻状糊剂，放进我的嘴里让咬住，等凝固了取出来，然后再拿到口腔技工室让灌石膏。等待的时间不长，全口牙齿模具就拿来了。

张医生拿着我的全口牙齿模具从不同角度看，最后他对妈妈说："温医生，你家一诺的牙齿虽然上门牙外突得不严重，但是咬合不太好，牙齿的空间位置小，若是矫正牙齿，需拔掉

4 颗牙齿，这样矫正出来的牙齿才会整齐美观。”

“这样啊”，妈妈稍显犹豫地看了看我，然后语气坚定地回答张医生：“那以您的意见为准。”

“啊，要拔掉 4 颗牙啊！我最怕拔牙了。”我不由用手捂住了嘴。

“不用担心，一次拔 2 颗，一周以后再拔 2 颗，再过上一个月左右，等拔过牙的地方恢复得差不多了，就可以戴牙套了。”张医生耐心地给我解释着。

护士在忙碌地准备着拔牙要用的器械和物品，张医生又给我做了很多的解释工作，以打消我的顾虑。打过麻药后，只见张医生从密封消毒打包袋中取出拔牙钳，嘱我张开嘴，不要紧张。我只感觉拔牙钳夹住了我左下第一前磨牙的牙冠，张医生稍微一旋转一用力，我的牙就被连根拔掉了，护士迅速地压上止血棉球。咬紧牙稍微调整休息一会儿，张医生又将我左上第一颗前磨牙也拔掉了。

左侧上下拔过牙的空隙处都压着止血棉球，我紧紧咬着牙齿，以配合压迫止血。张医生给我和妈妈交代着注意事项：“棉球压迫 30~40 分钟，不出血后可去掉，24 小时内不要刷牙，次日刷牙时应该注意和保护好拔牙创面。今天少说话，尽量不吐口水，多休息。可以吃流食，放凉或微温即可。不要用拔牙侧咀嚼食物，一周后拔牙侧可轻微咀嚼食物。”

回家后，妈妈让我半躺着休息。从医院回来大约40分钟后，妈妈让我轻轻张开嘴，她细心地观察了一会儿，才用镊子帮我去掉了止血棉球。然后她又把创面细细看了看，发现不出血了，才放下心来去做晚饭。妈妈给我熬了白米稀饭，放凉到微温的状态，然后让我用小勺一勺一勺地吃。本以为拔牙不是多大的事，但我还是感觉很疲乏，早早就上床休息了。

第二天早晨起床后，我总感觉嘴里不对劲，嘴角和脸上有异物，我用手一抠，发现是血痂子。这真是吓我一跳，赶紧起身往卫生间跑，在镜子里看到了让我害怕的面容。我的左侧嘴角和下巴都是干结了的血痂子，张开嘴，满嘴都是条索状的血性黏液。“妈，妈，我嘴里出血了，好多好多血，快来呀！”

妈妈闻声赶了来，爸爸紧随其后。“让妈妈看看，哎呀！咋出这么多血呀？”

爸爸看到也吓坏了，黑着脸一个劲地埋怨妈妈：“叫你不要给娃箍牙，你偏不听，娃的牙又不是特别不整齐，你看现在出血严重的。”

妈妈顾不上理睬爸爸，她先用手机视频连线张医生。将我口腔内外的状态，请张医生用视频检查了一下，张医生说需要去医院处理一下。

爸爸急忙去开车，妈妈帮我清洗了面部的血痂子，口腔内她没敢清理，害怕清理后继续出血。一家人匆匆忙忙去了医院，直奔口腔科。张医生将我口腔内的条索状血性黏液清理干净，又仔细检查了拔牙的创面，原来拔牙的创面还有轻微的出血。

张医生问妈妈："你家一诺以前出血不容易止住吗？"

妈妈赶忙回答："以前一颗乳牙还没脱落，下面的恒牙已经长出，为了避免恒牙长歪，把乳牙拔了，当时取掉棉球后，晚上又出血了，不得已又压迫止血了一次。"

张医生思索了片刻："你家一诺有可能止血功能欠佳，需要压迫止血的时间比一般人群长一些。这样吧，我给一诺的止血棉球上加一些止血药。"

张医生操作处理完，又给我们交代了一些注意事项。爸爸见缝插针地说："张医生，你说现在的孩子怎么这么多人需要矫正牙齿，我们小时候没人管，牙齿不也长得好好的？我看我们一诺的牙齿挺整齐的，压根没必要矫正，可一诺和她妈妈非要矫正。"

张医生看了看我爸爸，又看了看我妈妈，了然于胸地笑了："一诺爸爸，咱们那个年代，大家家庭条件都一般，口腔保健意识也不高。现在的孩子吃得精细了，颌骨得不到有效刺激，发育过小，牙齿反倒容易错乱。孩子们也爱美，大人、小孩的口腔保健意识都增强了，所以矫正牙齿的人越来越多了。”

爸爸还在讲自己的小道理：“我还是觉得我们一诺的牙齿其实没有必要矫正。”

张医生调出了我的口腔 CBCT 影像资料，一处一处地指给我爸爸看，又拿出我的牙齿模型，给我爸爸耐心细致地讲解着，我爸爸终于心悦诚服了。

十一假期的最后一天，我去医院拔除了右侧上下第一前磨牙。这次医生虽然做了拔牙后出血的预处理，但是晚上拔牙创面还是出血了。多亏离开医院时，张医生给我又备了几个含止血药的棉球，妈妈帮我做了口腔清理，又进行了一次压迫止血。

哎，想让牙齿更美一点，这代价着实有点大。

12 研学白鹿原

日子一天天跟走马灯似的转得飞快。又是一个周末，因为要买一本课程辅导书，我和妈妈来到了莲湖路的一家书店。买好辅导书，妈妈提议去莲湖公园转转。

“一诺，你们快考期中考试了吧？”妈妈边走边问我。

“应该是重阳节前后吧。考考考，老师的法宝；分分分，学生的命根。”我漫不经心地回答着妈妈。

“最近学习紧张吗？我看好几天晚上，你都学到晚上快 11

点了。”妈妈有些忧心地看着我。

“学到晚上 11 点都算早的，我们班好多同学学到晚上 12 点多。”我对妈妈的担忧不以为然。

妈妈立马提议道：“那咱去莲湖公园转转，放松放松。听说莲湖公园最近正在搞菊花展，很是漂亮呢。”

我看了看妈妈，妈妈一脸期待的样子。我挽住妈妈的胳膊说：“好吧，咱去看菊花。”

莲湖公园北门，是一组充满节日氛围的菊花盆景，由多种颜色、多个品种的菊花组成。快到国庆了，这些菊花也是为国庆献礼呢。

“一诺，你站在菊花盆景前面，妈妈给你拍点照片。”妈妈掏出手机，指挥我往菊花盆景前站。

“要照你自己照，我可不想照。”也不知从什么时候开始，我不太爱照相了，特别是爸爸、妈妈给我照相的时候。

“给你照相呢，又不是让你上考场呢，害怕什么？”妈妈想不明白。

“人家不想照嘛，你想照，我给你照。”我拿过妈妈的手机，打开拍照模式。

妈妈在菊花盆景前摆起了姿势。托腮、叉腰、踮脚……花样多得快成九连拍了。我是服了妈妈，她比我们初中生拍照的花样还多。妈妈要是跟爸爸一起外出旅行，可真是考验爸爸的摄影能力。

进入园内，满眼皆是傲霜的秋菊。黄菊富贵，紫菊浪漫，白菊清新，粉菊淡雅，真是菊的王国、菊的世界。是谁把“梅、兰、竹、菊”的屏风搬到了公园？惊艳了人们的眼睛。陶渊明爱菊是出了名的，面对菊的盛宴，陶公泼墨写下“采菊东篱下，悠然见南山。”假山顶的六角亭似乎在向我们招手，拾级而上，小路两旁皆是各色小雏菊，摆成别致的造型，让人有莲步生花之感。

看来妈妈是正确的。且不说碧绿的湖水，光是那残荷和莲蓬，都能给人力量。更何况“冲天香阵透长安”的秋菊，让西京“满城尽带黄金甲”。出来转一转，我感觉心情愉悦很多。

很快我们就迎来了初二第一学期的期中考试。考前放松了一下，考试时也不紧张，这次期中考试成绩还不错。我开开心心地和同学们出发前往白鹿原影视城，去参加“走进白鹿原，感悟民俗风”的研学活动。

白鹿原影视城在蓝田，我们从有 3 只白鹿钢塑的南门进入，也就是武关。白鹿原选用武关、大散关、金锁关、潼关等形成合围之势，依地势造景，也让我们了解了关中之关的方位和建筑形态。

不远处便是“陈忠实老宅”。这里的“陈忠实老宅”并不是作家陈忠实老师的故居，听妈妈说他的故居在灞桥西蒋村。“陈忠实老宅”是按照灞桥西蒋村陈忠实故居１：１复制来的，虽是复制的老宅，也可以让游客感受到陈忠实老师在什么样的环境和条件下，夜以继日地创作出垫棺作枕的大作——长篇小说《白鹿原》。白鹿原影视城中的很多景点都是以长篇小说《白鹿原》为建筑蓝本兴建的仿古建筑群。妈妈非常喜爱长篇小说《白鹿原》，她若来了，一定很开心。

我们是两人一排乘坐白鹿云梯上山。云梯也就是长度很长、坡度很陡的手扶电梯。站在云梯上面，确实有腾云驾雾的感觉。现代化的设施体验刚结束，映入眼帘的就是古朴的白鹿村门楼，这种感觉就像穿越一样。戏台热闹，祠堂庄严，还是面对面的关系，分列于村子主干道南北两侧，电视剧《白鹿原》的很多场景就是在这里拍的。

我们在祠堂跟着礼仪老师诵读《吕氏乡约》。这部乡约是我国历史上最早的成文乡约。北宋神宗熙宁九年，由“蓝田四吕”的吕大忠、吕大钧、吕大临、吕大防所制定和实施，分德业相劝、过失相规、礼俗相交、患难相恤。

我们诵读德业相劝中的一部分：“德谓见善必行，闻过必改，能治其身，能治其家，能事父兄，能教子弟，能御僮仆，能肃政教，能事长上，能睦亲故，能择交游，能守廉介，能广施惠，能受寄托，能救患难，能导人为善，能规人过失，能为人谋事，能为众集事，能解斗争，能决是非，能兴利除害，能居官举职……”这《吕氏乡约》真厉害！

诵读结束，老师组织同学们在戏台上拍大合影，女生坐在戏台沿子上，男生站在后面，老师站在外围保护着我们，一张张向日葵般的笑脸就这样定格了。

看过鹿子霖家，再看白嘉轩家的“豪宅”，就很能理解鹿子霖为什么总和白嘉轩作对。你们可能很好奇我是怎么知道的，当然是看妈妈买回家的长篇小说《白鹿原》的缘故喽。穿过滋水县城城门，一座民国风情的县城画卷展现在同学们眼前。戏楼、戏园、哥特式教堂、白云寺，还有复制潼关的东门城楼；文昌阁、衙署、王府、城隍庙。文昌阁里有不少人在拜文曲星，衙署里正在审理一场官司。

同学们对这些建筑的兴趣不是很大，街道两边的美食更能吸引我们。当然了，已是大中午了，同学们逛了半天，能不饿吗？张嘉益在电视剧《白鹿原》中扮演白嘉轩，媳妇仙草（由秦海璐扮演）端给他的那一碗油泼 biangbiang 面就很是诱人。在老关中 biangbiang 面馆，李子轩和沈云溪各要了一碗 biangbiang 面。看着他俩蹲在门口，把 biangbiang 面挑得老高，我和陶可心也馋了。可美食实在太多，若是一碗biangbiang 面下肚，其他美食就没机会品尝了。

我俩共同要了一份 biangbiang 面，又在周围买了蓝田饸饹、豆花泡馍、甑糕，俩人坐在店里一起分着吃。biangbiang面筋道，饸饹柔韧，豆花泡馍软糯，甑糕香甜，真是过足了美食瘾。

李子轩和沈云溪吃完后，进到店里来看我俩。看到我俩餐桌上的美食，李子轩惊呼："我的天啊，你俩是大胃王吗？吃这么多！"

"咋？又不吃你家饭！我们爱吃多少吃多少。"我毫不示弱地回敬他。

"不过这也有点太多了，我和子轩也才一人吃了一碗面。"沈云溪在为李子轩帮腔。

"你俩若不嫌弃，可以一起来吃点。"陶可心好意邀请他们。

"来嘛，我们也就是眼大胃口小，看到啥好吃的就想买点吃。我们用的是公筷，各自挑到各自碗里吃。"我补充着。

李子轩听到我们邀请，赶紧拉着沈云溪坐下。让服务员再送来两副碗筷，挑了饸饹吃，最后连汤都喝了。我用公筷将甑糕夹成两段，给他俩分着吃了。

"幸亏你俩来帮忙，要不然真要剩下很多。"陶可心用餐巾纸边擦嘴边说。

“你俩用咱老陕话说，就是丧眼（陕西话发sǎng niàn，意思是嘴馋、吃相夸张。）得很！”我故意埋汰他俩。

“丧眼就丧眼，那我们不能看着两位美女吃成大胖子嘛，也就好心帮你们解决一些。”李子轩总有一大堆歪道理。

同学们吃饱喝足后，我们出发前往二虎剧场，观看《二虎守长安》实景演出。长篇小说《白鹿原》中“二虎守长安”这一惊心动魄的一幕，终于可以在现实中看到了。那是1926年，10万镇嵩军围攻西安城，杨虎城、李虎臣两位将军率领军民誓死守护长安城的故事。

同学们坐在阶梯状的看台上，舞台就是周围的实景。街道、店铺、商贩、军人和民众，一派祥和的街市景象。突然枪炮声炸响，街市乱成一片，人们四散躲避，守城军人顽强地抵抗着镇嵩军的进攻。眼前火光冲天，枪炮齐鸣，90多年前那场艰苦卓绝的守城战，我们仿佛置身其中。有一场抓汉奸的戏，台上的演员邀请台下的观众共同参与。李子轩站起来，高高地举手大声喊：“选我，选我！”

我瘪着嘴摇摇头，转头轻声对可心说：“怎么哪儿都有他呀！”

可心推了推我，眼睛盯着街市：“别说话，快看。李子轩换上汉奸服，还挺像那么回事的。”

我看向街市，不由地笑出声来。李子轩被警察押着，卑躬屈膝的样子真搞笑。我由此想到，此后的一段时间，恐怕“汉奸”的称呼对李子轩来说是跑不了了。果不其然，李子轩表演结束回到看台上，同学们都指指点点地叫他“汉奸”。老师看到了，赶忙制止同学们的哄闹行为。

实景演出结束，同学们恋恋不舍地离开剧场，坐上了返回学校的大巴。这次研学活动真好，好久没有这样轻松、快乐过了，真想一直这样研学、这样游玩。我是不是又在做白日梦了？

13 牙套妹

一个多月以后的周末，妈妈陪我去医院戴牙齿矫正器。

张医生先在我的牙齿表面粘上正畸托槽，然后取出一根有弧度的镍钛丝，嵌入托槽里，再给托槽上套入小小的橡胶圈，以防止弓丝脱落。门牙的操作过程相对简单，侧切牙和第二磨牙的操作相对费事一些。我就是嘴张得有些累，躺在治疗椅上，看着医生、护士的手在我头顶和口腔里忙碌。

1 个小时左右，牙齿矫正器戴好了。我感觉牙齿有点酸痛，就像给牙齿套上了枷锁。张医生让我用舌头试试碰牙齿四周，看看会不会挂舌头，弓丝残端是否会戳着口腔黏膜。护士拿来一面镜子，让我自己照着看。我向左转转头，又向右转转头，舌头绕着牙齿外面转了一圈，能感觉到冰凉的金属托槽的阻力和弓丝的光滑。

妈妈站在牙科治疗椅不远处，一直探头看着医生和护士的操作。治疗结束，我坐起来，护士为我解开一次性口腔治疗巾。

张医生耐心细致地向我和妈妈交代矫正中的注意事项："一诺，你可要好好刷牙噢，不敢偷懒，牙齿的3个面都要刷到。早、中、晚三餐后一定要刷牙，吃了零食没有条件刷牙时，要随时漱口。"

我"噢、噢"地点头答应着。

张医生又看着妈妈交代着："温医生，给孩子吃的食物不要过硬、过黏，大块食物要切成小块进食。4~6周复诊一次，为方便记忆，您就每个月带一诺来复诊一次。若是矫正器出现磨嘴、损坏、脱落等问题，可随时来复诊。"

"谢谢张医生！带着一诺来看牙，我也学了不少口腔医学知识。虽然我也是学医的，但是临床和口腔是两个大类别，所谓隔行如隔山，口腔医学方面，我还是要向您多学习和请教。"妈妈真诚又谦虚地感谢着张医生。

我看着妈妈和张医生在自谦，就想推着妈妈快走。回到家，爸爸紧张得不得了，拉着我就问："一诺，疼不疼？难受不难受？快让爸爸看看。"我轻轻张开嘴，给爸爸龇着牙，还左右转着让爸爸仔细看了看。

爸爸的表情由紧张担忧渐渐变成了满脸笑意："哈哈哈，这下给伶牙俐齿、爱吃零食的小姑娘套上笼套了。"

"哼，坏爸爸！人家嘴里和牙齿都不舒服，你还打趣我？"我用小拳头捶着爸爸的胳膊撒娇。

"一诺，刚戴上矫正器，牙齿肯定酸痛不适，你先去好好睡一觉，睡醒了妈妈做你爱吃的烩面片，煮得软软的，肯定不费牙。"妈妈心疼地看着我。我确实也有些困了，躺在床上没多久就睡着了。

傍晚快 6 点时，妈妈叫醒了我。餐桌上已放着做好的烩面片。妈妈还拌了我爱吃的炝莲菜，素炒了绿豆芽。我用勺子舀了一片面片，轻轻张开嘴，把面片送进嘴里。热的面片碰到牙齿，牙齿就有些酸软，就像吃了五月酸杏的那种酸软。莲菜片又大又硬，看来我是无福享用了。我放下勺子，拿起筷子夹了点绿豆芽吃，看来这个能吃，缺点就是爱钻牙缝，也爱往托槽上挂。

妈妈本身很紧张，看到我夹起莲菜片又放下，换成绿豆芽，她竟然笑了，还笑得有点怪，对，感觉像幸灾乐祸的笑。

“妈，你在笑什么？”我对妈妈的表现很不满。

妈妈竟然还低下头，偷偷笑了两声，然后她抬起头，假装正色地对我说：“一诺，我想起你爸爸说的话了，给你戴上笼套了。”妈妈说完，竟不顾形象地瓜笑起来。

“不要再说了，看娃吃饭的可怜样，你还笑得出来？”爸爸假模假样地说妈妈，其实自己都快憋不住要笑出声来。

哼！你俩就好好地笑吧，等我矫正好牙齿，一口整齐洁白的牙齿，亮花你们的眼睛。

晚上躺在床上，我一直担心明天同学们看到我的牙套会有什么反应？恐怕他们也要笑我了吧？不管了，不管了，谁爱笑谁笑去，我才不在乎呢。

第二天一大早，爸爸、妈妈将我送到校门口，我挥了挥手和他们再见。我正往教学楼方向走，快到楼门口了，突然我的左肩被人拍了一下。我一扭头，看到了李子轩那双爱笑的眼睛。

“王一诺，怎么一个周末没见，变得深沉了？”李子轩好奇地打量着我。

我可不想让他看到我闪着金属光泽的牙套，我用手捂着嘴，含含糊糊地回应他：“牙疼，不想说话。”说完，我快速地向教室跑去。

李子轩紧跟我身后上了楼，进门还跟陶可心抱怨：“王一诺今天很怪，总觉得哪里不对劲。”

陶可心听说后，专门走到我的书桌旁来看我。她扳着我的肩膀问：“一诺，你咋了？是生病了吗？”

我把嘴轻轻往开一张，给陶可心看。

“啊？你箍牙了？你咋这么勇敢？”陶可心这一喊可不得了，大家都凑过来看热闹。

“呀！可心，你真烦人！你喊的外班同学都听见了。”我不由得埋怨起可心来。

“那有啥嘛？怪不得刚才不愿意和我说话呢。来，让哥哥瞧瞧。”李子轩怪笑着打趣。

“走开！皮厚得很，给谁当哥呢？”这时我也顾不上遮掩嘴巴了，边说边踢了李子轩一脚。

李子轩趁机仔细看了看我的牙齿：“原来戴牙套是这个样子的呀，哈哈哈，你成‘牙套妹’了！”

“‘牙套妹’怎么了？你懂不懂？戴牙套要先拍牙片，要做牙齿模型，医生要制订矫治计划，有的人还需要拔牙齿，然后才能戴牙套。矫正器有很多种，我听医生说有金属托槽、自锁托槽、陶瓷托槽，舌侧矫正、隐形矫正等，矫正牙齿的费用从一两万到五六万不等。我戴牙套我光荣、我自豪。”我滔滔不绝地说了一大串，也不嫌嘴磨得疼，他们都听呆了。

“对，你说得太对了！那我们以后就叫你‘牙套妹’。”李子轩还在皮。

“你敢！”我作势拿起了一本书要打。李子轩见状，抱着头逃回了座位。

14 生日快乐

冬天来了，天还未下雪，有种干爽的冷意。又是一个周日，天气很晴朗，好天气预示着好心情。

早晨起床后，我抓紧时间写作业。妈妈逗我：“哟，太阳打西边出来啦！今早不用妈妈叫，自己就起来了？还这么乖地写作业？”

我边写作业边头也不抬地回答道：“看在我今天过生日的份上，暂且当只早起的叫鸣鸡吧！”

姥姥走了过来，摸着我的头夸赞道：“还是我们家一诺乖！娃娃勤，爱死人。”

“就是，娃娃勤，爱死人。”我回头冲着妈妈扮鬼脸。

我们昨晚已将今日的行程安排妥当。写完作业，妈妈和姥姥陪我去买新衣服，然后一起吃美食，为我庆祝生日。唯一的遗憾就是爸爸缺席了，他去外地出差了，要几天后才能回来。

写完作业，一家人高高兴兴地出门。来到商场，转了几大圈，我们看上了一件红色的派克服。它有白色毛茸茸的领子和袖边，肩部和袖口带点军装和风衣款式，腰部中间系着一条红色宽腰带。我急切地试穿新衣，和我想象中一样，镜中人有股英姿飒爽的范儿。我在镜前转着圈，红色派克服亮眼吸睛，下身搭的藏蓝色背心裙露出裙摆，黑色打底裤衬托得腿又细又长，黑色短靴延长了腿的视觉感，我自己非常满意。妈妈和姥姥也都说好看，难得此次购物祖孙三代意见一致，妈妈爽快地付了款，我直接穿上走人。

买好新衣后，我们去米旗蛋糕店取了提前预订的小蛋糕，然后去炉鱼店吃烤鱼。这家烤鱼店在一座大型商超里面，三楼中厅的位置，人特别多，饭点时分竟然需要排队等座。好不容易叫到我们的号了，座位被安排在店里的左后方。这个位置还挺独特，身后是一座巨大高压锅状的大烤炉，直径足足有 2 米。

烤炉操作间用铁笼和外面隔开，避免食客因好奇凑近而烫伤。

小巧的生日蛋糕摆上桌。考虑到每个人的需求，我们买了3个杯装蛋糕，姥姥的是低糖的，妈妈的是水果的，我的蛋糕是巧克力味道的。3个杯装蛋糕以花瓣的形式摆放在一起，妈妈点上生日蜡烛，然后我们一起唱生日歌："祝你生日快乐！祝你生日快乐！祝你生日快乐！祝一诺生日快乐！"

在家人的祝福声中，我在心里许下心愿：愿姥姥健康长寿，妈妈年轻美丽，我自己学习进步！

吹熄蜡烛，我们端起各自的小蛋糕香甜地吃起来。蛋糕不大不小刚刚好，就当是正餐前的甜点喽。吃完蛋糕，烤鱼上桌了。妈妈点了蒜香味烤海鲈鱼，还点了一些配菜，诸如香菇、木耳、海带、宽粉、娃娃菜等。一条烤得焦黄的鲈鱼，卧在一个方盘状的平底炉子里，下层有燃烧的固体酒精在继续加热。妈妈用公筷给我和姥姥先夹了鱼肉，然后她自己才动筷子。

海鲈鱼的肉很鲜嫩，呈白色蒜瓣状，除了主刺外，基本没有小刺，特别适合老人和孩子吃。我给姥姥夹了鱼肉和海带，给妈妈夹了点木耳和娃娃菜，她喜欢吃素一点。

吃完午饭，我们又去看了电影，一部日本的动画片《龙猫》。在影片的开头，草壁先生带着他的两个女儿搬到乡下居住。一栋古老的房子，小屋旁边有一棵巨大的樟树。家门口和道路连接处，有“U”形的下凹式隧道。田野碧绿，森林广袤，我也好想到田野里去呀！

这里离小女孩妈妈治病的疗养院比较近一点，方便她们的妈妈养病。姐姐小月乖巧懂事，妹妹小梅活泼可爱。小梅无意中进入树洞，遇到了大龙猫，由此开启了奇妙的旅行。我真想变成小梅，趴在龙猫肚皮上。我也渴望有个姐姐，可以关心照顾我。

有一天，姐姐小月和妹妹小梅吵架了，妹妹小梅哭着离开家找妈妈。可是她迷路了，姐姐小月到处找她，周围的邻居也帮着一起找，可是直到天黑也没找到。最后姐姐小月向大龙猫求助，大龙猫召唤来猫咪巴士，带着姐姐小月找到了妹妹小梅，小梅也将自己摘下的玉米送到妈妈病房的窗台上。

小月和小梅之间的姐妹情深，姐妹俩和大龙猫之间的友爱互助，美丽的田野风光，真是一种美好的观影享受。买新衣，吃美食，看电影，真是开心快乐的一天！

15 有趣的心理公开课

元旦过后，教学进度更快了，同学们起得越来越早，睡得越来越晚。我越来越沉默，越来越烦躁。早晨醒不来，晚上睡不着。上课没精神，下课没活力。书不想看，作业不想写，整天浑浑噩噩的。

晚上我盯着书，字在我面前越变越大，一个字都看不进去；签字笔握在手里，纸上全是乱七八糟的符号，一个字也不想写。我无意识地拿着笔，笔绕着中指和食指转啊转。窗外是个小停车场，此时车已经快停满了。小区内昏黄的灯光映照着冬青的篱笆和法梧的树网，显出影影绰绰的光影。天空黑得沉重，黑到浓稠的程度，像我沉重的心；星星很少，少到不仔细看就会看不清的地步，像我心里那少得可怜的希望。

妈妈看着我，越来越担心，家里的氛围也越来越紧张，她和爸爸晚上时不时看看我，总是在悄悄嘀咕什么。我知道他们在担心什么，他们担心我厌学，可我真的有些厌学了。

没完没了地刷题，没完没了的各种考试，各科老师一遍遍地强调、上劲、拧螺丝，我真的感觉好累！晚上躺在床上，只想这样睡过去，不愿醒来。

周末，妈妈拿来两份表格，说做个小测试。我和她同时做。里面有 20 道选择题，比如“1. 我觉得比平时容易紧张或着急。2. 我无缘无故感到害怕……”答案有 4 个选项：A. 没有或很少时间；B. 小部分时间；C. 相当多时间；D. 绝大部分或全部时间。测试完后妈妈也没告诉我测试这个干啥用，也没告诉我具体得分，她只是显得更加心焦了。

1 月中旬的一个周六，学校通知初二学生和家长共同上心理公开课。我感觉这堂课不止我需要，我爸妈更需要。可惜只让一位家长去，那肯定是我妈妈了。但凡去学校，妈妈就会非常重视。周五晚上还一个劲儿地问我和爸爸她穿哪套衣服合适，不知爸爸是为了逗我笑，还是为了讨好妈妈，他拖着声腔用秦腔道白："娘子穿什么都好看。"

我抿着嘴不易察觉地笑了。妈妈更搞笑，翘着兰花指，移着莲花步，款款搭腔："官人说得有理！"唱和完，她自己倒先笑弯了腰。爸爸拉着我的手，笑着对我说："快看你妈妈，怕不是要发疯吧？"

周六的心理公开课如期举行。我和妈妈去得早，没想到李子轩和他妈妈焦黛沫也到得早，我们就坐在一排。两位妈妈挨着坐在一起聊天，我和李子轩分坐两旁。我俩同时朝椅背靠了靠，相视扮个鬼脸。

心理公开课开始了。一位中等身高的圆脸女老师登上了大礼堂舞台，舞台正中摆了授课的桌椅，两边是投影仪。噢，原来是我们的心理课李老师。听主持人介绍，李老师还是国家二级心理咨询师。李老师首先抛出了问题："带你去看孩子'问题'的背后"。老师说的那些"问题"，我也有一些。妈妈听着那些问题，悄悄扭头看了看我。李老师继续分析"问题"的症结所在，以及如何排解。

在"女儿这样想"环节，我觉得李老师说的就是我："不知从什么时候开始，我突然觉得自己家庭的空间变小了，难道是我个子长高了，才感觉家里的天花板给了我一种压抑感？我说不清楚为什么，反正觉得自己越来越像一只关在笼子里的小鸟，毫无自由……”妈妈是个好学生，认真听的同时，还在用笔不停地记。

李老师在讲遇到这种情况时，家长该怎么做，学生该怎么做，家长和孩子又该如何沟通。家长要多理解孩子，多站在孩子的立场去想问题和看问题，多倾听孩子的诉求，多鼓励孩子，不要斥责孩子。孩子心里有疙瘩了，要主动和家人说一说，把自己的苦恼和困惑告诉家人，通过倾诉，心里的压力就会小一些。

讲完女生的表现，李老师又讲了“儿子这样做”。李老师举的那些例子，我在李子轩身上偶尔也会看到。焦阿姨边听边点头，还凑到我妈妈耳朵边轻声说：“咋和我们家子轩一模一样啊？”我妈妈悄悄回应她：“可不是？人家老师说得多准呀！咱们现在真是和这帮小朋友斗智斗勇呢。”

“现在我们做个小游戏，来进行角色扮演。请两个家庭上台参与互动。”李老师话音落了，大家都不好意思举手。李老师又问了一遍，焦阿姨拉着我妈妈的手，高高地举了起来。哎，焦阿姨和妈妈真是的，非要出这个风头，真让人烦心。我和李子轩不情不愿地被各自的妈妈拽上了舞台。

“我这里有剧本，你们先熟悉一下台词。男同学扮演爸爸，女同学扮演妈妈，两位家长分别扮演家里的男孩和女孩。请两位家长戴好男孩、女孩的面具，女同学系好围裙，男同学穿好西装，工作人员布置现场和道具。”

“各位家长和同学，请问你们想看他们的表演吗？”李老师将话筒对准了观众席。

“想看！”台下观众热情地回应着。

“好，现在请开始你们的表演。”李老师做了一个电视剧开拍的动作：“Action!”

焦阿姨将她的大波浪卷盘起来，戴上了男孩面具，扮演初二男生星星。星星顺势拍起了篮球，当然是空气版篮球，观众席里响起了掌声。我妈妈的面具是一个文气的小女生，她扮演小学六年级女生辰辰，戴上面具咋有点像陶可心呢。李子轩穿上西装，还蛮高大帅气的，他扮演星辰爸。我扮演星辰妈，我边系围裙，边向舞台下搜寻。一个女生突然上半身往起抬了抬，噢，原来可心在那里。可心偷偷向我竖起大拇指，预祝我角色表演成功。

一家四口的表演开始了。辰辰放学回家，刚放下书包，星辰妈就问：“宝贝，期中考试成绩出来了吗？”底下观众听到我那一声“宝贝”学得惟妙惟肖，哈哈笑着鼓掌。

“你就知道问成绩。进门还没换鞋，还没洗手，连口水都还没喝。”辰辰呛声说。这话怎么听着这么熟悉？噢，好像我曾经对妈妈说过。

“对对对，快洗手，等你哥哥回来了一起吃。”星辰妈赶紧接过书包放到辰辰的书桌上。

辰辰洗完手进房间，星辰妈端着果盘紧随其后，辰辰哐啷一声将门关了，门外剩下满脸疑惑状的星辰妈。

星辰妈摇摇头，转身走向厨房，自言自语道：“现在的孩子，也不知怎么了？”

这时，星星和星辰爸回来了。“妈，我们回来了。”星星和星辰妈打招呼。

“今天你俩怎么一起回来了？”星辰妈问星辰爸。

“今天工作任务顺利完成，可以正常下班。刚好在楼下碰见儿子了，就一起回来了。”星辰爸边说边将外套挂在衣钩上。

“我爸把人能烦死！”星哥哥摔摔打打地走进自己的屋子。

辰妹妹听到动静出来了，拉着星哥哥的胳膊摇晃：“哥哥，咋了，谁惹你了？”

“还不是老爸烦人，我正和同学在院子里的篮球场打篮球，他就把我提溜回来了。”星哥哥一脸的不高兴。

“刚放学，作业还没做就去玩，你都初二了，很快就要面临中考，一天咋不着急呢？”星辰爸一脸的着急上火。

“学了一天，我放松会儿还不行？再说篮球中考体育还考呢，我这是打球、备考两不误。”星哥哥在为自己辩解。

“好了好了，都少说两句，洗手吃饭。饭都要放凉了。”星辰妈打着圆场。

大家端着饭碗吃饭，星辰妈给儿子和女儿碗里夹着菜。看着饭桌上氛围还不错，星辰妈装作漫不经心地问女儿：“辰辰，你们班这回期中考试成绩在全年级排名咋样？”

辰辰“叭”的一下把碗筷放下了：“妈，您别再拐弯抹角了，还能不能让人好好吃饭？我刚进家门时您问我的成绩，现在又问这个，其实还是想问我的成绩呗。考得不好，这下你满意了吧？”辰辰起身离开了饭桌，一家人大眼瞪小眼地呆坐着。

角色扮演结束，家长和同学们都陷入了思考之中，好半天才反应过来要鼓掌。李老师先问我和李子轩，问我们扮演家长有哪些感受？我和李子轩都表示，原来我们以前是这样怼爸妈的，角色互换让我们体会到了这种怨气带给爸妈的伤害。李老师又采访我妈妈和焦黛沫阿姨，她们也说通过角色扮演，她们以后能更好地理解孩子，体谅孩子，认真对待孩子的生活和精神需求。

我们回到座位坐下，李老师又让观众席上的家长和学生发表观点和看法。没想到家长和学生们发言非常踊跃，有很多新奇的想法和见解。都过了中午 12:00，大家还在抢着发言。最后，李老师总结了大家的发言，并给出了有益的对策。

一堂有趣的心理公开课，为家长和学生的沟通架起桥梁，为家长和学生现场答疑解惑。我希望这样有趣的心理公开课越多越好！

16 打雪仗

自从上次的心理公开课后，我发现妈妈变了，她不太唠叨了，很多事情都会征求我的意见。爸爸也不再给我那么大的压力了，还经常叫我下去和他一起打羽毛球。我自己呢，也在按照心理老师教的方法给自己调节。慢慢地我的睡眠好了，精神状态也好了，上课注意力集中了，下课又开始和小伙伴们打打闹闹了。

晚上坐在书桌前复习功课，我的心很宁静。写累了，我朝窗外望望。呀！什么时候下雪了？路灯的光影里，雪花翩翩飞舞。它们的舞姿那么轻盈，那么曼妙，让我忍不住站了起来，脸贴在窗玻璃上欣赏。咦，那位撑伞的小姐姐是谁？她赏雪的迫切心情，竟然都等不到天明。她特意穿了红色的大氅，撑把黄色的油纸伞，在雪中漫步。她的对面，有位小哥哥正在为她拍照。雪地中的人儿，美得像从《红楼梦》中走出的美人。

看会儿雪景，写会儿作业，没想到我做题的效率还挺高的。早早上床休息，我竟然做梦了。梦见雪地中的美人变成了自己，我在雪地中唱歌、跳舞。

“一诺，一诺，起床啦，再不起来就要迟到了。”妈妈焦急的声音从远处传来。

我迷迷瞪瞪睁开眼，抓过闹钟一看，确实比平时晚了半小时。赶紧起床，胡乱抹把脸，我背起书包就和爸爸、妈妈出门了。风依然在刮，雪依然在飘，停车场白茫茫一片，车被厚厚的积雪覆盖着。只有离开不久的车所在的区域没什么积雪，仅有薄薄一层新下的雪。爸爸、妈妈急忙清理车上的积雪，我将书包放到车后座上，也跟着一起清理积雪。

“爸爸，咱要快点呀，我要迟到了。”我边清理着车后盖上的积雪，边催促着爸爸。

“好嘞，好嘞，马上就好了。”爸爸清理着车顶剩余的积雪。

妈妈看积雪清理得差不多了，帮我拍打着身上的雪花："一诺，快上车，马上就好了。"

车慢慢驶出小区大门，门前的大道上，车已排起了长队。透过风雪的迷雾，红色的刹车灯连成两条长龙，一眼望不到头。上下立交桥时，车辆都拉开了很大的间距，即便如此，有些车上坡时后溜，下坡时刹不住车，在雪地上刹出长长的冰溜儿。路边不时出现抛锚的车辆，还有不小心"吻"在一起的车。爸爸神情高度集中地开着车，一丝小差都不敢开。我和妈妈分别抓住车厢两侧的扶手，紧张到不敢大声呼吸，唯恐影响到爸爸开车。

就跟老牛拉车一样，我们的车终于磨到了校门口。校门口已经乱成一锅粥了，电动摩托车、小三轮、小轿车挤成一团。虽说有交警和家长志愿者在疏导交通，但成效甚微。我下车时，脚下一打滑，差点摔个四脚朝天。我不敢大意了，深一脚浅一脚地走着。到教室后，我发现班里竟然还有一小半同学未到。老师安排已到的同学们下楼扫雪，我们的任务主要是清理校园道路上的积雪。

铁锨、扫把齐上阵，我们在雪地里撒开了欢。我抢到一把扫把，它是那种用细竹子做的。雪厚，扫把扫起来格外费力。陶可心还没来，估计还在路上堵着呢。李子轩看我扫不动，拉着沈云溪过来帮忙。他俩在前面用铁锹铲雪开路，我负责清扫残留的雪，感觉一下子轻松多了。

我正弯腰扫雪，突然一个雪球打在我肩膀上。我抬起头，看到李子轩正准备二次偷袭。我赶紧举起大扫把，挡在脸前，第二颗雪球落在了扫把上。我扭头看到何瑶在我不远处，便大声向她求救："何瑶，快来救我！"

何瑶闻声看向我，立马明白了情形，她飞奔了过来："一诺，我来救你。"她边跑边在旁边的大雪堆上抓了两把雪，捏得实实的，左右开弓投向李子轩和沈云溪。

李子轩像猴子一样机灵，低头躲过。沈云溪没防备，雪球端端正正地打在他头上。我一看来了帮手，撇下扫把，抓起雪捏成雪球投射了出去。

沈云溪被动地加入了雪球大战。我们班的同学一看外班同学参战了，立马站到了李子轩和沈云溪的队伍里，向何瑶发射雪球。三班的其他同学也纷纷加入了我和何瑶的队伍。

这时，对面一个声音在朝我喊："一诺，快回来。你咋成三班的人了？"

我伸长脖子一看，原来是陶可心："可心，我这会儿回不来啦。"我边说边扔出去一个雪球。

一时之间，两栋教学楼之间的空地上雪球乱飞。我正低头

抓雪，一颗雪弹不偏不倚地砸在我的头上。我抬头寻找，只见李子轩冲着我扮鬼脸，不用说，肯定是他干的，我的雪球也迅捷地飞了出去。

“哎呀，谁的雪球扔得这么准呀！”有人低头拍着头发上的雪。

“张老师好！”我们一班的同学悄悄扔下雪球向老师问好。

我一看大事不妙，赶紧跑到老师身边：“张老师，对不起！我不是故意的。”

张老师从头发上抓下一小撮雪，举到嘴边，“噗”的一声吹向我。我的额头和眼睛飘上了细小的雪粒，凉凉的，润润的。张老师用手为我擦去额头上的小雪粒，转身对同学们说：“赶紧清理完，准备回班级上课。”

同学们手脚麻利地将打雪仗洒落的雪清扫后，扛起铁锹、扫把，雄赳赳气昂昂地返回教室。

17 爱臭美的小妮子

也不知从什么时候开始，妈妈说我变得爱照镜子了，洗脸的次数也变勤了，头发基本隔天洗一次。上学期间总是穿校服，衣服上没法改变，同学们就变着花样买鞋子。只要我在镜子前站的时间一长，妈妈就喊我“爱臭美的小妮子”。

我每天美美地上学放学，心情也很美。日子过得好快呀，这学期怎么这么快就要结束了？我还没怎么玩雪、赏雪，也没有时间去看看校园内傲雪的蜡梅，期末考试已然来临。考完期末试，期待的寒假终于到来了。

周末，爸爸、妈妈不上班也不值班，我们打算去大明宫赏雪玩雪。踏雪寻梅、堆雪人，想想都觉得美。记起了那天雪夜里穿红色大氅、撑黄色油纸伞的女子，我知道今天出门该穿什么了。

对！我要穿生日那天妈妈给我新买的红色派克服。白色毛衫配黑色加绒窄腿裤，外面套上红色派克服，再穿一双毛茸茸的雪地靴。雪地靴是我在网上买的，动用了爸爸、妈妈奖励我的学习进步奖金。第一眼看到它我就喜欢上了，月白色厚底雪地靴，配皮为粉色，靴口一圈乳白色羊羔绒。穿上它，显得腿又细又直。

玩雪怎能少了防寒护手的手套？放心！买雪地靴时，我也同时买了一双毛茸茸的手套。那双粉色小手套真是可爱呢。是一个两用的设计，手套前半部分可以向手背反折，折上来的部分是一只可爱的小兔子，有长长的耳朵，嘴边还有一只胡萝卜。把前半部分放下来，就可以护住手指，给小手以全面的保护。手套有挂绳，可以挂在脖子上。对于我这样马大哈的小女生，那真是非常好的设计，再也不用担心把手套落在什么地方了。

穿戴整齐，我在镜前转来转去地欣赏。一会儿将红色派克服的帽子戴在头上，一会儿又放下来。戴着手套的双手抚上脸

蛋，就像脸蛋挨着毛茸茸的小兔子。在我套毛衫的时候，妈妈就开始洗漱、做早餐、吃早餐、换衣服，爸爸准备堆雪人的物品。妈妈从我的穿衣镜前一闪而过好多次，直到要出门了，我还在镜前美不够。

“一诺，你在镜子前至少有半个小时了，妈妈和爸爸早餐都吃完了，你还没收拾完？”妈妈在催促我。

“好了好了，马上就好了。”我放下帽子，将头发又梳了梳。

“快！赶快出门，早餐爸爸给你带上，坐车上吃。”爸爸也有些着急了。

“跟你们女人出门真麻烦！我5分钟搞定的事，你俩半小时搞不定。”爸爸发牢骚。

“是你的宝贝丫头慢吧？我早都收拾完了，随时可以出门。”妈妈略显委屈。

看样子我需要给爸爸洗洗脑了：“老爸，这样的男人可不讨女人喜欢哦。你难道没听说现在的男人也讲‘三从四德’，‘三从’，就是太太命令要听从，太太出门要跟从，太太说错要盲从；‘四德’，就是太太花钱要舍得，太太化妆要等得，太太生日要记得，太太打骂要忍得。”

“哈哈哈，还是要你丫头‘收拾’你。”妈妈拊掌大笑。

爸爸迷茫了：“我咋没听过这话？又是你这鬼灵精胡诌呢。”

“一看你就孤陋寡闻了吧，这是胡适先生说的名言警句。”我边说边推着爸爸出门。

昨天刚下过一场雪，今天雪霁初晴，天空湛蓝湛蓝的，看不到一丝白云，难道白云和白雪昨日一同飘落大地？到大明宫国家遗址公园了，到处白茫茫一片。一下雪，西京就穿越回长安了。盛唐的繁华气象虽被白雪覆盖了，但依然难掩大明宫的风采。我们从右银台门进入大明宫，西宫墙的路面积雪已被铲到路两旁。东侧麟德殿围栏上红色的爬山虎上挂着雪，九仙门附近的樱树枝上覆着雪，人物雕塑的头上顶着雪。我边走边抓雪玩，爸爸则忙着给妈妈拍照。

妈妈今天穿了红色长款修身羊绒大衣，内搭黑色毛衫和暗花背心裙，黑色打底裤，棕红色小短靴，显得优雅又知性。听说太液池畔蜡梅开得正好，妈妈拉着我向太液池奔去。

“你们娘俩今天穿得鲜亮，像两株红梅一样。”爸爸在我们身后边抢拍边赞美。

“呦，爸爸还真是活学活用呢，立马实践上了。”我偷偷笑话爸爸。

“难得你爸爸能夸夸咱娘俩，不知今天是啥好风吹呢？”妈妈喜滋滋地说。

太液池因雪更添了雅韵，雕塑《采莲图》的唐朝侍女，头和肩上都落着雪，连头上簪的莲花上也是雪，倒变成一朵盛开的雪莲了。太液池畔的围栏边有几株蜡梅开得正好。蜡梅枝丫上覆着白莹莹的雪，鹅黄的蜡梅很是娇俏，圆圆的小酒杯状的蜡梅，像是蜜蜡雕成的。这一杯蜡梅酒，怕是会让人沉醉呢。

还有一种蜡梅花瓣尖尖的，倒有点像春季的迎春花。它的花心是紫红色的，花托也是紫红色的，白雪压在上面，花朵垂下了娇羞的脸。开放的蜡梅散发着馨香，含苞的蜡梅努力挣出雪的怀抱，迎向太阳。一袭红衣的妈妈站在几株蜡梅后，疏影横斜之间，微微颔首，美得像幅画。我赶紧掏出手机，为妈妈留下了精彩的瞬间。

上初中后，我突然发现我变得不爱照相了。小时候的我，特别喜欢照相，手在脸旁傻傻地比着“V”。后来渐渐长大了，我却不喜欢照相了。不过今天英姿飒爽的我，倒喜欢上了镜头。我俯下身，用鼻子去嗅蜡梅的香气。妈妈拿起手机，爸爸举起相机，都想把我定格在他们的镜头里。

拍了些美照后，我们就在蜡梅树下堆雪人。我滚了个小雪球，爸爸滚了个大雪球。小雪球当头，大雪球当身子，黑色的圆扣子当眼睛，一根胡萝卜做鼻子，一截弯曲的黑色枯枝就是微微上翘的嘴巴。爸爸取下他头上的黑色礼帽戴在雪人头上，妈妈也解下她的羊绒围巾给雪人围上。

“妈妈，快看，那里有个漂亮的小雪人。”不远处的小木桥上，一身鹅黄色羽绒服的小女孩在喊她妈妈。

“老头子，看这一家三口堆的雪人多好看。”离我们不远处有一对相依相偎的老爷爷和老奶奶也感叹着。

我站在小雪人身旁，用手搂住雪人的脖子，开心地召唤爸妈：“爸爸、妈妈，快给我和小雪人合个影，我要把它永远地留下来。”

我和爸爸、妈妈手拉手，绕着小雪人蹦啊、跳啊，他们好像回到了孩童时代。周围是鹅黄的蜡梅，我们被馨香围绕着、包裹着、甜蜜着、幸福着，我希望这样的日子永永远远、长长久久。

18 小小服装设计师

热闹的春节过完了，元宵灯展看过了，春季学期拉开了帷幕。春之骄子陆续登场了：迎春吹起小喇叭，桃花张开小粉裙，玉兰擎出小酒杯，西府海棠羞红小脸蛋。一场春天的芭蕾正在上演。

我发现自己对色彩和形状非常敏感。天生的抑或是小时候培养的？也许两者皆有吧。听姥姥和妈妈说，我从小就爱画画、爱做针线活。

两三岁的时候，大人在客厅看电视，我就在沙发上“缝针针”。“缝针针”是我发明的专有名词，就是用针线在纸片上缝着玩。刚开始“缝针针”，也许缘于姥姥爱绣花，一有时间她就绣花。我在姥姥身边看，总是爱捣乱，姥姥就为我准备了针线和纸片，让我缝着玩。

刚开始姥姥帮我穿针引线，用的是黑线和白线。针扎过纸发出“嗞”的声音，感觉好好玩呀。后来我总抢姥姥五颜六色的绣花线，姥姥就给我穿彩色的丝线。彩色的丝线缝在白纸上，横一道，竖一道，再斜着来一道，看着花花绿绿的纹路，我就觉得很开心。

慢慢长大了，我对服装色彩和款式越来越有感觉了。姥姥、妈妈出门搭配衣服，总会征求我的意见。妈妈若是参加会议或出席重要场合，她准会听我的意见和建议。

五月的一天早晨，妈妈说她要出席一个医学论坛，还要发言，她征求我该穿什么服饰。我拉开妈妈的衣柜，将她春季的衣服看了一遍，选了一件黑色中袖针织衫，袖口配白色荷叶边，外搭一条长款流苏银色镶水钻毛衫链。黑白千鸟格半身裙，再搭一双精致的黑色麂皮中跟鞋，完美。

何瑶逛街时，喜欢让我给她当参谋。刚刚过去的五一劳动节，我们就上北大街逛了一圈。在一家服装店里，我帮她选了一件天青色收腰系带短款半袖衫，搭黑色贴水钻长纱裙。给自己选了一件石榴红色收腰长袖衫，搭黑色烫钻薄纱裙，裙子有着灵动的不规则裙摆。我俩转起圈来，吸引了店里店外的目光，我们成了服装店的嘉宾模特。好几个和我们年龄相仿的女学生，也让营业员给她们这样搭配。

学习时间长了，感觉有点累，我就突发奇想设计改造衣服。平时时间紧张，没有多余的时间让我胡折腾，我只是在脑子里构思想象。暑假来了，我有大把的时间可以让想象变成现实。

妈妈的衣柜，是我练手的宝库。看到不合适的衣服，我就想帮她改造。我看中了妈妈仅穿过一次的尤尼克斯专业羽毛球运动衣，上衣为橙红和柠檬黄渐变配色，鸡心领，下摆稍嫌有些长。白色小短裙，镶着和上衣同色系的边，腰部抽带松紧设计，在腰侧打个结。我先在脑海里设计了一下，又将衣服摊平放在床上，用剪刀上下左右地比画着，然后大胆开剪：将上衣下摆剪成斜圆弧形，稍短侧开衩，可以露出裙子侧腰部抽带打结的设计；剪下的布条也没浪费，顺势在马尾辫上扎个蝴蝶结。就是这样小小的改变，一身简单的羽毛球运动装，立马华丽变身。

“妈妈，你快来看！”我冲着厨房喊。

妈妈擦着手上的水出来了，当她看到我的样子，吃了一惊：“一诺，你胆子太大了！没经过妈妈的允许，怎么敢剪妈妈的衣服？”

“我若告诉你，你才不会让我剪呢。”我小声嘟哝着。

妈妈转着圈地看我：“不过你还别说，这样一设计改造，衣服活泼多了。”

“那就对了，你说我给你剪得好不好？”我趁热打铁地问妈妈。

“好！非常好！就是有些费妈妈衣服。”感觉妈妈有点心疼她仅穿了一次的新运动衣。

“说不定哪天我就成为顶尖服装设计师了，你可就赚了，穿了服装设计大师王一诺设计的首秀服装。”我晃着马尾辫憧憬着未来。

妈妈回应我：“那我该称呼你是未来的顶尖服装设计师呢？还是叫你调皮捣蛋的‘熊孩子’？”

天气越来越热了，西京城快被热浪烤熟了。又是一个周末，午休起来，我感觉身上的汗多得就像洗了澡一样。我的圆领海魂衫领子实在有点小，刚刚圈在脖子根处。上身既不散热又不透气，难受死了。下身双侧裤腿镂空的牛仔裤，透气效果非常好。受此启发，我知道该怎样改造这件海魂衫了。

我将圆领剪成深 V 露背装，后面下接镂空小心心，再横剪一刀，两侧腰际刻洞，我用剪下的蓝色布条在后背和腰侧打造小巧蝴蝶结。又将下摆剪短，剪下的蓝白布条作为装饰发带，点亮发型。

改造停当，我打算让妈妈惊喜一下。我偷偷来到阳台，妈妈正在洗衣晾衣。趁妈妈晾好衣服，我拽了拽妈妈的衣摆，妈妈回身看向我，眼睛睁得老大："天呐，亲爱的宝贝！请问你是哪里来的服装设计师？一件普通的圆领海魂衫在你的巧手下，化普通为神奇，变身独一无二超级无敌可爱小 T 恤。"妈妈用手拨动着我，就像在拨动一个旋转中的陀螺。

"当然是我聪明又美丽的妈妈生的呀！"我抱了抱妈妈。

妈妈紧紧地回抱我："宝贝，你真是个天才的服装设计师！妈妈想到一个好名字，此 T 恤名唤蓝色狂想！"

"那你以后还让不让我剪衣服玩？"我有点得寸进尺了。

"亲，你已经不是第一次剪衣服了。上次是我的尤尼克斯专业羽毛球运动衣，这次是你的海魂衫。还有什么是你不敢剪的？我愉快地决定了，一定要将家里的衣物看好，免得又成为你的猎物！这次我是认真的！"妈妈假装严肃地说着，说完看着我的眼睛，偷偷地笑了。

19 “大姨妈”来了

西京城的七八月份，实在是太热了。天天逼近 40 摄氏度的高温，人热得没地方去。待在家里，基本一整天都要开空调，可是这样一直开空调也不是办法呀。

白天我们就将一个大凉席铺在客厅地面上，可以坐在上面看书，也可以躺着休息。夏日的周末，一家人吃过午饭，坐在凉席上各自看书、听音乐。看着看着，我怎么有点瞌睡了，就躺下假寐。妈妈从厨房端了果盘出来，放在凉席边上，伸手拍我的小屁股。

“呀！一诺，快起来，你好像来月经了。”妈妈的手还未落到我屁股上，她就惊呼起来。

我穿着运动短袖和短裤，就是那种速干衣材质的衣服，以白色为主色调，袖子和领子是紫色的，其余地方是流动的各色线条。听见妈妈的话，我一个骨碌爬起来，钻进了卫生间。

“一诺，你是不是来月经了？需要妈妈进来帮你吗？”妈妈有些着急地敲着卫生间的门。

“不用，不用，六年级的时候你都给我讲过这方面的知识了。上初中后，我们班女生基本来例假了，我听都听会了。”我急忙拒绝着，唯恐妈妈突然进来看到我手忙脚乱的样子。

“那你稍等一下，妈妈去给你取卫生巾。刚来的时候，经血量不是很多，那就先用迷你款吧。”妈妈比她自己来了月经还紧张。

爸爸听见了，赶紧爬起来去取卫生巾。不一会儿，听见爸爸趿拉着拖鞋来到卫生间门外。

“给，我也不知哪种是迷你款，我把一大袋全拿来了，你帮娃选一下。”爸爸也在门外忙活起来。

“稍等，我先去给娃把内裤和外裤挑选一下。”妈妈的脚步声远了。

我坐在马桶上，虽然知道该怎么做，其实心里慌得直打鼓。我的白色内裤上有血，呈咖色，听说月经刚来的时候就是咖色的。血渗过内裤，把白色运动短裤也染色了。

我擦洗干净后，就听妈妈又“咣咣咣”地敲门了。我起身，把门打开一条缝，一把拽过妈妈手里的东西，“哐”的一声又把门闭紧了。“这孩子，还怕人看见似的。”妈妈嘀嘀咕咕着。

我才不管妈妈嘀咕啥呢，赶紧看手上的东西。妈妈给我选了红色内裤、黑色外裤还有迷你卫生巾，我换上红色内裤，并在内裤底裆上贴好卫生巾，穿好，再套上黑色外裤。显而易见，红色内裤和经血同色，即便染上血了也不明显。黑色外裤就更耐脏了，不会让人出丑啦。

我磨磨蹭蹭地从卫生间出来，发现凉席已卷了起来。“一诺，坐沙发上来，地上的凉席有点凉，小心肚子疼。”妈妈招呼我。

当我走向沙发时，突然想起弄脏的内裤和外裤还没有洗，我又反身向卫生间走去。

“咋了？咋又进卫生间了？”妈妈着急地从沙发上起身。

“我忘了洗弄脏的衣服了。”我头也不回地说。

妈妈忙跑过来，一把夺过我准备洗的衣服，催促我：“你去坐着吧，妈妈帮你洗。”

我也担心自己洗不干净衣服上的血迹，就只好由妈妈帮我洗了。我站在妈妈旁边，看她怎样洗。

“以后来‘大姨妈’的时候，多喝热水和红糖水，不敢喝冷水、吃冷饮，不要用凉水洗手洗脸，洗衣服要戴上橡胶手套。”妈妈边用肥皂搓洗着血迹，边叮嘱着我。

“知道了，知道了，妈妈真是越来越唠叨了。”我假装有些不耐烦了。

妈妈看了我一眼，笑了笑，轻轻闭上了嘴。

“妈，你说为啥把月经叫‘大姨妈’？”以前老听何瑶、陶可心她们说这个词，我一直不明白，不知妈妈知道原因不？

“好像听说从前有个女孩，父母过世早，她就和大姨妈一家一起生活。有个书生很喜欢这个姑娘，他总是偷着来看姑娘。每次两人想靠近一些的时候，都要注意观察大姨妈是否在周围。后来两人成亲的当晚，姑娘来月经了，不好开口跟书生说。当书生想和姑娘亲热时，姑娘就说大姨妈来了，书生也就明白了姑娘的意思。这就是把月经叫‘大姨妈’的由来。”妈妈讲完故事，她把衣服也洗好晾好了。

我坐在沙发上看书，妈妈又叮嘱开了：“来月经后，要记住自己的初潮年龄，每次的起止日期。下次月经再来的时候，就可以提前准备好卫生巾，免得措手不及。”

“好，知道了。”我懒洋洋地回答。

“女孩子进入青春期后，一般都会来月经。还记得妈妈以前给你说过的话吗？月经就是子宫内膜发生一次自主增厚，血管增生、腺体生长分泌以及子宫内膜崩溃脱落并伴随出血的周期性变化。”妈妈看着我说，我盯着书。

“哎呀，妈，你都说过八百遍了。月经不就是每月出现 1 次的有规律的、周期性的子宫出血嘛。”我不耐烦地合上书。

“娃都知道了，让她去休息一会儿，睡个午觉。”爸爸插话打圆场。

我确实觉得有些乏了，小腹微微胀痛不适，看来午休是个不错的建议。现在想起有些同学痛经，痛到无法坚持上课，有些还需吃止痛药，而有的同学啥感觉都没有，运动、跑跳都不受影响，活蹦乱跳得像只梅花鹿。

妈妈给我端来一杯温热的红糖水，我一口气喝完。躺在床上，那种温热的感觉，就像一只温暖的手，从身上抚过。紧张的情绪放松了，小腹的胀痛也有所舒缓，我慢慢进入了梦乡。

20 野蛮其体魄

体育有一天会不会变成主课？我想按现在的发展趋势来看，一定会的。

听说中考体育分值由 50 分增加为 60 分，妈妈们都有点着急了，纷纷打听哪里有合适的体育培训班。是的，您没有听错，是体育培训班。啥？体育还需要上培训班？是家里钱多得花不出去了吗？当然不是，中考体育的项目除了学校体育课上的训练之外，还需要有针对性地加强练习，所以上中考体育培训班成为大部分家长的共识。

看来暑假的后半程没有好日子过了。林玉琼阿姨不知从哪里打听到一个中考体育培训班，说有体验课，就邀我和妈妈一起去。

超越体育是一家体育培训班，它夏季的训练场地设在市体育场。这里有标准400米跑道，还有一个足球场，四周是高高的看台。陶可心家距市体育场较近，她和她妈妈晚上经常来这里遛弯。原来是看到超越体育在这里办班，她们心动了。我说过西京城的夏天是非常热的，八月份的天气，人热得都不敢出门。所以，体育训练时间就放在了晚上，从18:30训练到20:30，每日的训练内容安排得满满当当。

第一次来上体验课，我们直接加入正在训练的队伍之中。男学员、女学员分队训练，分别由男、女教练带队，再配一名男性总教练。先是热身，颈部拉伸运动、扩胸运动、肩部旋转运动、转体运动、低身拉伸运动、膝关节活动、正压腿等。几组简单的动作做下来，我的汗就流下来了。热身结束，开启3千米跑步模式。暑假里我基本过着吃了睡、睡了吃的悠闲日子，这突然运动起来，肌肉、关节都吃不消。可心比我好不到哪里去，跑得气喘吁吁的。

3千米要沿着400米跑道跑七圈半，我的天呀，真是要命呢。

刚开始跑一圈两圈时，感觉还行，等到第三圈开始，就有点吃力了。我和可心跟在队伍后面吭哧吭哧地跑，妈妈和林玉琼阿姨倒好，沿着内圈散步。每当我俩经过她俩身边时，她俩总是给我俩喊加油："加油！加油！坚持就是胜利。"

"加油有用吗？你倒跑一个试试。"我看着妈妈走路不知跑步累的样子就来气。

"就是……就是，站着说话……不腰疼。"可心边喘气边附和我。

"你俩快跑吧，把这发牢骚的劲用在跑步上。"妈妈挥着手催我俩。

越到后面，我的双腿越发沉重，就像绑了沙袋一样，沉重得抬不起来。这个时候我俩已经不是跑步了，双脚几乎到了跐着地面往前蹭的地步。其他学员已经到达终点了，我俩被落下了近一圈的距离。跌跌撞撞地走完最后一圈，越过终点，我俩不管不顾地躺到了地上。

女教练赶紧让其他学员把我俩架起来，慢慢地走一走。教练说："刚跑完步不能坐下或躺下，因为这个时候身体仍处于兴奋状态，肌肉韧带处于紧绷状态，可以走路放松肌肉。"

稍事休息后，开始仰卧起坐训练。学员们从看台下面的体育器材储存间取出体操垫，分成两组，一组做，另一组帮助压脚、抱腿。我和可心是搭档，我先做，她帮我压脚、抱腿。刚跑完步，我浑身像散架了一样，连做仰卧起坐都很费劲。往常我一分钟可以做 50 个左右，这个晚上我用了九牛二虎之力才做了 31 个。可心身体素质比我稍弱一些，一分钟做了 25 个。

仰卧起坐训练结束，开始投掷实心球，我们的女教练给我和可心又单独讲解投掷实心球的动作要领。女教练个头很高，目测身高应该在 175 厘米左右，身材匀称健美。她扎着利落的马尾辫，穿着一身紧身运动短装，小麦色皮肤，不施粉黛，阳光又美好。学员们都叫她小美教练，看来真是名副其实呢。

“你俩注意看我示范动作，投掷实心球时，双手手掌应该自然张开，两只手的大拇指相对，其余四个手指张开呈三角形，握球时手应该托住实心球的下半部分，而掌心则应该略微空出。”小美教练给我俩讲解着握球要领，我俩依动作要领握着实心球。

“双脚应该自然分开与肩同宽，同时两只脚前后站立，之间的距离应该为一个半脚掌，在投掷时身体向后仰的时候，后脚掌应该支撑起自己的身体重量，此时有利于自己的反弓发力，良好的站姿能够让身体掌控重心位置，为投射提供更好的发力。在投掷前还应该进行一定的预摆动作，预摆是为了让身体适应摆动的幅度以及投掷的重量，预摆的幅度不用太大，每次 2~3 度之间就可以。”小美教练讲解完，向后反弓、预摆、发力、投掷，实心球以抛物线的完美弧线飞了出去。

“好了，你俩来做一次。”小美教练发出口令：“投掷实心球预备，开始。”

我和可心按照小美教练教授的动作要领投掷了实心球，球在离我们不远处落了下来，我俩都有点沮丧。其他学员都扔得好远呀，我俩好羡慕。

小美教练看着我俩的神态和表情，宽慰我们：“你俩不用羡慕她们，她们只比你们多训练了几节课，等你们多训练几次，也可以的。影响实心球投掷距离的因素，包括投掷的力量、投掷的高度以及投掷的角度 3 个要素。你俩按照动作要领继续练吧。”

两个小时的训练在闷热与汗水中结束了，妈妈和玉琼阿姨征求我俩报班的意见，我俩异口同声地说：“报！争取中考体育拿满分。”

以后的每日傍晚，我们都在市体育场训练，夏练三伏说的就是我们。秋季开学后，天也渐渐凉爽了，训练时间改为周六和周日的上午。运动真是好处多多，我们的身材更匀称了，肌肉更健美了，吃得好，睡得香，精力十足。

十月中旬，学校的秋季运动会开幕了。主题就是“文明其精神，野蛮其体魄”，我觉得体育运动不仅能“野蛮其体魄”，还能“文明其精神”，因为体育精神也是一种精神呀。我报名参加了800米中长跑和1500米长跑项目；陶可心报了50米短跑和投掷实心球项目；李子轩参加了100米、200米、4×100米接力、4×200米接力；沈云溪是跳高和跳远项目。

老师和同学们都没想到我会挑战中长跑项目，而且两项分别获得了第一名和第二名的好成绩。同学们说我是“士别三日，当刮目相待”，可他们哪里知道我暑假流了多少汗水？可心的项目也都拿到了名次，她自己也没想到。李子轩的短跑和接力一直是他的长项，从小到大他一直是这些项目的霸主，这次金牌也毫不例外地落入他的囊中。我是第一次看沈云溪参加运动项目，而且是跳高、跳远项目，属于比较冷门和偏门的项目，瘦瘦高高的他，看来很适合参加这两项运动，他也取得了较好的名次。

进入秋季，我们的体育训练转场到大明宫国家遗址公园，训练时间放在了上午8:30—10:30。教练们真会选地方，秋季的大明宫凉爽又美丽。在这样的环境中训练，就像秋游一样。在玄武门遗址附近，有一大片运动场地，分别设有篮球场地、网球场地、羽毛球场地等。

今天的主要任务是阶段性考核，内容包括50米跑、投掷实心球、排球垫球。热身后，50米跑、投掷实心球考核开始。

别看学员们平时嘻嘻哈哈的，一到考核时，一个个都铆足了劲。不大一会儿工夫，两项就考核完了，学员们围在教练身边查看成绩。50 米我跑了 8.1 秒，快接近满分 8.0 秒了；投掷实心球成绩是 7.5 米，超过满分 6.7 米的标准。不错，我对自己还是满意的。

在经过一番放松拉伸后，排球垫球考核开始。我们站在篮球场地外，面对着篮球场地的防护网垫球。“1、2、3、4……”，两人一组，一组计数，一组垫球，结束后再对换角色。突然我发现篮球场地中有个熟悉的身影，李子轩边运球边走进了场地，跟在他身后的除了沈云溪，还有一群我不认识的少年。听到场外的计数声，李子轩转头看了过来，他第一时间发现了我，他的眼睛为之一亮。他放下篮球，走到防护网跟前，给我加油。

“子轩，这女孩谁呀？”一名高高壮壮的男生好奇地问子轩。

“噢，王一诺，我同桌。”李子轩简短地回答他。

于是所有的篮球少年都喊着我的名字为我加油，尤以李子轩的嗓门最大。真是丢死人了！这个臭子轩，坏子轩，讨厌鬼，怎么哪儿都有他呀！一分钟的考核时间怎么这么漫长，平时总觉得一分钟不够用。好不容易教练喊停，我如释重负，垫了 45 个球，超过每分钟 40 个的满分标准，成绩很好。

排球垫球考核结束，今天的考核训练也就结束了。学员们各自回家，我和可心站在场外，围观起了李子轩他们的篮球赛。李子轩他们的队服上印着我们学校的名字，也就是西京中学，另一队校服上印着唐都中学，原来是两校篮球队约着比赛呢。

两队各上场 5 名球员，一名裁判，周围还有几名替补队员。比赛开始，裁判投球，两队各出一名跳投者争球。李子轩和对方一名球员争球，裁判的球刚抛起来，李子轩一个高跳，就将球拍向了自己的队员，几个传球，上篮得分。很快唐都中学接到球，几个紧密配合，也进了一球。

篮球是激烈的肢体对抗运动，看篮球比赛很过瘾。沈云溪站在场地边发球，高抛给李子轩，李子轩左虚右晃地运球，突破对方防线，三步上篮，球进了，得 2 分。对方不甘示弱，很快一个大高个的远投命中。沈云溪拿到球了，正准备投篮，对方队员拉手犯规，由于前期唐都中学队员多次犯规，裁判做出判罚两个球的决定。

沈云溪站到了罚球线前，双方其余队员各自就位，沈云溪接到裁判抛过来的球后，沉着地原地拍球两下，双手握球，起跳，投球，球进了。第二次罚球，球投得有点高，没进，李子轩眼明手快抢篮板，补投，命中。

我和陶可心站在防护网外，大声喊着加油，嗓子几乎都要喊哑了。比赛在激烈的对抗中结束，两队比分差距不大，西京中学队胜出。

李子轩和沈云溪擦着满头满脸的汗出来了。“李子轩，你要请我和陶可心吃冰激凌。为给你们加油，我俩的嗓子都快喊哑了。”

“好！请！多大点事。”李子轩很爽快地买来了4支冰激凌。我们吃着冰激凌，逛着大明宫，好不惬意。

21 战痘记

大约从初一第二学期那个春天开始，我脸上的皮肤就开始有变化了。皮肤干燥蜕皮，以前白皙光滑的脸上，时不时会冒几颗小痘痘，我刚开始也不太在意。后来痘痘竟然愈演愈烈，大有星火燎原之势。

妈妈说这些小痘痘叫痤疮，青春期多见，是毛囊皮脂腺单位的一种慢性炎症性皮肤病，好发于面部，有粉刺、丘疹、脓疱、结节等多种形态。妈妈让我勤洗脸，多喝水，保持身体和皮肤水油平衡，不能用手挤痘痘。

我开始为脸上的痘痘忧虑，为此还专门查了资料：痤疮主要好发于青少年，对青少年的心理和社交影响很大，但青春期后往往能自然减轻或痊愈。以好发于面部的粉刺、丘疹、脓疱、结节等多形性皮损为临床特点。哎，真是好烦呀！美好的青春期为什么要长痘痘呢？

我洗脸的次数越来越频繁，在镜子前左顾右盼的时间越来越长，关注的祛痘产品越来越多，可是我的痘痘还是此起彼伏，没有消停的时候。我总是趁妈妈不注意，就用手抠脸，要不就是对着镜子挤白头粉刺。挤白头粉刺特别有成就感，我用两个食指在白头粉刺两旁稍用力往下按压，再往白头粉刺方向相对用力一挤，一小段白色脂肪栓就被挤出来了。然后再抹点药膏，搞定。

为什么陶可心没长痘痘呢？她也进入青春期了。她的脸又白又光滑，让我好生羡慕。可心坐在我斜前方，经常会扭头监督我，担心我的手又去脸上抠抠抓抓的。物理好高深啊，完全听不懂，我总是迷迷糊糊的。物理纪老师瘦瘦高高的，戴副眼镜，有点严厉，不苟言笑。我的眼睛盯着黑板，纪老师的声音已听不进去，只能看到他的嘴在动。我的手慢慢抚上额头，用手指触摸，额头有一层细密的小疹子，间或有两三个大粉刺。这些

小疹子真是让人不舒服，我想用手指把它们抠平。

可心趁老师背身板书时，一个纸团撇向了我。我准确地接到手里，悄悄在桌兜里打开，只见上面写着："别抠脸了，快抠成小花猫了。"我冲着回头的可心吐吐舌头，用唇语告诉她："真啰唆！像老妈子一样。"

李子轩对可心传给我的纸条很好奇，趁我不注意，一把抢了过去。我顾不得那么多了，站起来就想抢回来。在争抢的过程中，李子轩还是看到了纸条内容："哈哈，小花猫！"

"李子轩、王一诺，你俩在抢什么呢？"纪老师严厉地问。

"老师，没抢什么。"李子轩假装老实地回答纪老师。

"王一诺，你说。"纪老师的目光从镜片后射向了我。

我低下头，不吭声。纪老师问了好几遍，我都没回答。

"你俩既然上课不好好听讲，还影响其他同学，那就站到教室门外听讲。"纪老师把我和李子轩赶出了教室。

这个时候是冬季啊，教室里有暖气，我们都把冬季的冲锋衣校服外套脱了，挂在椅子背上，上身只穿了秋季校服，衣衫单薄的我俩就这样被老师赶出了教室。

我俩站在门外过道上，冷风"嗖嗖"地往身体里灌着，我双手抱着胳膊，冷得直发抖。李子轩也比我好不了多少，搓着手跺着脚。

“我以为是可心帮你代传的情书呢，原来是痘痘这种小事。”李子轩嬉皮笑脸地说。

“都怪你！这下好了，咱俩都被赶出来喝西北风了。”我看了李子轩一眼，埋怨着他。

“来，你站里面，我站外面帮你挡风。”李子轩拽着我的胳膊把我拉到了靠近门和墙的位置，他自己站在我的外侧。

“长痘痘很正常啊，咱班很多同学都长了。我有时候也冒出一两颗。”李子轩满不在乎地说。

“你懂啥？偶尔长一两颗不算啥，我现在是额头和脸蛋上都长。”我很苦恼。

“那还是到医院去看看吧！”李子轩看看我的脸，认真地说。

“谁说没去啊？我妈带我去了好几家医院，光药就买了好多种。肌肤护理保健类的芦荟胶，消炎类的红霉素软膏，针对痤疮杆菌生长的克痤隐酮凝胶，治疗痤疮的阿达帕林凝胶，还有皮肤康冷敷凝胶……”我一口气报出了一串保健品和药物名。

这时下课铃声响了，纪老师夹着教案出来了。看我俩聊得热火朝天的，气就不打一处来：“把你俩放在外面听课，是为了让你俩好好反思，同时不要影响其他同学听讲。你俩可好，聊得更欢了。”

“老师，我们隔着门能听到您讲课的声音，就是偶尔开点小差。”李子轩搓着手给纪老师解释着。

我也冷得又是搓手又是跺脚，鼻子也吸溜吸溜的。纪老师看我俩狼狈的样子，挥着手让我俩进教室了。

我刚进教室，陶可心就过来找我。她握着我的手用嘴哈气，希望能给我一些温暖。李子轩笑嘻嘻地看着陶可心：“我还以为是情书呢。”

“都怪你！害得一诺被赶出教室罚站。”陶可心说着话踢了李子轩一脚。

“哎，君子动口不动手。”沈云溪赶忙维护他的哥们。

“你管我？我是小女生哎，又不是君子。”陶可心噘着嘴回应沈云溪。

晚上刚进家门，妈妈看到我的脸惊呼：“你咋又把鼻子旁边的痘痘挤烂了？”

“上课时，听着听着，手就不由自主地在脸上抠，总想把痘痘抠掉。”我有些不好意思了。

“妈妈给你说过很多次，鼻翼三角区不能乱挤乱抠，会导致致病菌通过静脉逆流至颅内静脉，引起海绵窦血栓静脉炎，严重时可危及生命。”妈妈很严肃地警告我。

“好啦，知道了，再不挤痘痘了。”我转身进了卫生间。

我在面盆前洗脸，手抚在脸上的感觉真不好，好怀念之前光滑的皮肤。妈妈看我洗完脸，主动来帮我涂药膏。

“今天你用手抠脸了，还是抹点消炎类的红霉素软膏吧，至少可以预防一下。”妈妈用消毒棉签帮我涂抹药膏。

“那平时这些小疹子适合抹啥？”我把洗干净的脸对着妈妈。

妈妈仔细看了看我的脸：“除了粉刺之外，其余的小疹子好像是皮肤过敏引起的，等你抠烂的皮肤结痂了，就给小疹子上抹点抗过敏的药膏试一下。”

过了两三天，抠烂的皮肤结痂后，我给额头和脸颊上的小疹子抹了抗过敏药膏。很快小疹子褪下去了，结痂的地方也好了，就是留下了一个小坑和痘印。

吃过晚饭，一家人坐在沙发上聊天。妈妈担忧地看着我的脸，若口婆心地对我说：“一诺，以后可要把手管好，不敢在脸上抠，你看脸上留下小坑和痘印，就是留下疤痕和色素沉着了。”

“噢，噢，知道了。”我答应着妈妈。

“还有，要多喝水，多吃水果，保持身体和皮肤水油平衡，这样就不容易长痘了。”妈妈说着话，顺手递给我一块哈密瓜。

“就是，人的指甲缝里容易存脏东西，抠脸就容易留下疤。”

爸爸总是附和妈妈。

姥姥握着我的小手轻拍着："我娃乖，我娃听话，不敢抠脸，实在管不住手，你就抠裤子。"

"姥姥，你想笑死我呀，那把裤子抠个洞咋办？"我笑着问姥姥。

"你就当破洞牛仔裤穿。"姥姥回答得倒挺快。

"妈，妈，你快瞧我姥姥，还时尚得不行，还知道破洞牛仔裤呢。"我笑得前仰后合。

"好了，你也休息得差不多了，再去看会儿书吧。"妈妈赶我进了书房。

要管住手可真难啊！特别是上课听讲和思考问题时，手就不听大脑指挥了，不知不觉就摸上了额头。为了避免我用手抠脸，妈妈让我上课给左手戴上纯棉薄手套，就像小婴儿的防抓伤手套一样，右手因为要握笔还顾不上抠脸。谁能想到我都初二了，却回到了婴儿时期，要时刻防范自己抓伤自己。

下课了，李子轩抓住我的左手不放："老实交代，为啥戴手套？"

我甩开李子轩，装模作样去抓他的脸："知不知道好奇害死猫？小心我把你抓成小花猫。"

李子轩哈哈大笑："不知咱俩谁是小花猫？前几天还因为

小花猫的事被老师赶到门外听课呢。”

这个烦人讨厌的李子轩，总是哪壶不开提哪壶，我转过身去不理他。

我看见陶可心向我走过来，赶紧拿起杯子喝水。虽然我总是提醒自己多喝水，但还是经常忘记喝水。为此，我专门让陶可心下课提醒我。可心不愧为好朋友，每节课后都会提醒我喝水。

冬去春来，桃花又开了。自从脸上开始长痘后，我的皮肤就变得很敏感，每年春季桃花开的时候，皮肤又紧又绷，脸上会出现斑片状的皮损，有时上面会干燥蜕皮。妈妈说这叫桃花癣，主要还是空气中的浮尘、花粉等过敏因素引起的。开始和痘痘作斗争后，我的皮肤抵抗力变强了，今年春天也没有起桃花癣，真好。

我坚持勤洗脸、勤喝水、多吃蔬菜水果、不用手抠脸，再把祛痘的药膏抹上，这样坚持了半年多，我脸上的痘痘慢慢消退了。欧耶，“战痘”胜利！

22 彼此的一封信

桃花谢了杏花红，杏花落了梨花白。柳条已抽出嫩叶，微风拂过柳枝，就像微风吹拂着妈妈的长发。

周一早晨上学路上，车驶上北二环，一如既往地拥堵。呀，周末两天没见，北二环路中间的枇杷竟然黄澄澄的。对，您没听错，以枇杷果树作为行道树，这是西京城里的一大景观。枇杷树本是南方的果树，适宜温暖湿润的气候，在四季分明的西京城能够扎根生长，并开花结果，真是让人喜悦。不知是哪个有创意的人士决定栽植的？我要为他（她）点个大大的赞。

拥堵的道路，烦人的车流，因为果实累累的枇杷，而变得舒缓怡人。妈妈说枇杷有很好的寓意，寓意着家庭团圆美满。枇杷秋孕冬花，春实夏熟，是“备四时之气”的佳果。我用妈妈的手机抓拍了几张照片，想把这春末夏初的美好保存下来。

今天妈妈要和我一起参加学校的大活动。老师已提前布置了作业，要我们分别给家人写一封信。亲爱的同学，你有多久没给家人写信了？我好像小学写过，以后再没有写过，都是用手机发短信和微信。手机方便快捷，可手机渐渐地拉开了亲人们的距离。我给妈妈写了封信《我想对你说》，妈妈也给我写了封信《给女儿》，好期待呀！

平常大多数时候我们都穿运动款校服。今天，同学们穿上很少上身的夏季校服，一下子精神很多，女生米白色短袖衬衫，卡其色百褶及膝裙；男生米白色短袖衬衫，卡其色长裤。女生青春靓丽，男生高大帅气，这才是青春期中学生该有的样子。

学校大活动的主题是“孝父母 敬师长”，难怪要我们给父母写信呢。同学们和家长都坐在大操场上，春末夏初的天气，骄阳当空，真是又晒又热。可同学们和家长都坐得端端正正，注视着舞台上的一举一动。首先校长讲此次活动的意义，其次是“孝父母 敬师长”内容的文艺表演，最后邀请了一对母子，分别让他们将信读给对方听。

台上读的人声音哽咽，台下听的人眼含热泪。信读完了，儿子给他的妈妈深深鞠躬，并给了他妈妈一个紧紧的拥抱，台下的同学和家长们热烈地鼓掌。

接下来的环节就是台下的同学和父母交换信件。我终于读到妈妈给我的信了。《给女儿》中写道："妈妈想告诉你，对一个人来说，最重要的是生命和健康，离开生命和健康，其他无从谈起。生命是父母给予的，你只有保护好它的权利，而没有伤害它的理由。生命是一切的基础，你的身体，你的健康，你的学识，你的思想……都要以它为基础，只有在生命安全的前提下，才能谈及其他。"看到这里，我的眼睛湿润了。

信中继续写道："妈妈想告诉你，好习惯的养成非常重要。妈妈有时说到习惯养成，你总是不以为然。但妈妈举一个例子，你就会明白习惯有多重要。还记得小时候，爸爸、妈妈经常带你去图书馆和书店看书买书，给你培养爱阅读的好习惯。你现在写作文、做阅读理解题感觉到轻松，这些都得益于你从小看了很多书，语言、文字功底在不知不觉中得到加强，这些东西靠突击是突击不出来的。"唉，这些话妈妈天天在我耳边说，我感觉自己都会背了。

信中，妈妈依旧在叮嘱我："妈妈想告诉你，在学习的年龄，

我爱你！
给女儿
妈妈想告诉你，对于一个人来说，最重要的是生
健康。离开生命和健康，其他无从谈起。

给你的模样罢了，
我想对你说。
在我心里，你是一个温柔软弱的女人，一点小事都会
的很伤心，但当你承担起一个母亲的责任，承担起
一个家的时候，你最柔弱的泪水好似都化作
铠甲，将我牢牢保护在你的羽翼下。我知道你
知道你的苦闷，知道你的难过，可你在我面前展现出
永远都是最乐观坚强的一面，我想对你说，你是世界上
最乐观坚强的女人。
妈妈真是爱哭啊，脸上的泪水就没断过
你总生气了多少回，看见你的泪水，你的无
我的自责与悔恨顷刻间相遇并爆炸，炸出我不愿掉落
的泪水，炸出那让人难写的“对不起”。“对不起”有多难？
多少次我俩只隔一扇门，可那“对不起”却迟迟说不出口？
多少次我俩背对而眠，可那“对不起”也无法让你听见。你
的“对不起”总是翩然而至，我的“对不起”总是杳无音信。
每个人都承担着他所要承担的喜与悲，多少敢迎面对
是吞下泪水，擦干泪痕强撑出来的。如
果小孩意味着无忧无虑，没有悲伤，那“小孩”这两个字

一定要好好学习。现在的你们，正是心无旁骛学习知识的年龄，一定要排除一切干扰，将心思和精力用在学习上。妈妈知道你是一个‘风声雨声读书声，声声入耳；家事国事天下事，事事关心’的孩子，对一切未知都有强烈好奇心的孩子，这对学习知识有好处。因为你对很多事物有兴趣，兴趣就是最好的老师。但这也会有弊端，会分散你的注意力。人的精力是有限的，要把有限的精力投入无限的学习中去。”

信的末尾，妈妈在鼓励我：“一诺，为梦想，去拼搏，去努力！每一个不曾起舞的日子，都是对自己的辜负！愿你闻鸡起舞，一鸣惊人！”看到这里，我彻底控制不住自己了，低头小声地啜泣。

妈妈伸手揽了揽我的肩，在我头上轻轻吻了一下，并递给我一叠纸巾。我擦着眼泪，偷偷抬头看妈妈，妈妈眼圈红红的，脸颊上还有泪痕。

我写给妈妈的信是《我想对你说》，我在信中写道：“我是一个很没有自信的人，当能力比我强的人都做不好这件事的时候，我会首先否定自己，‘他都做不到，我怎么可能做到！’只要别人说我做不到，我首先也会想：‘他都说我做不到，那我肯定不行。’但你总是鼓励我，用你那美丽的眼睛盯着我，然后微笑着告诉我：‘在妈妈心里，你是最棒的！你一定能做好！’我不知你用这双眼睛、用这样的眼神看了我多少遍？同样的话说了多少次？我已记不清了。”

妈妈很柔弱，妈妈又很坚强。我在信中写道：“在我心里，你是个很柔弱的女人，一点小事都能哭得很伤心。但当你承担起一个母亲的责任，承担起一个家的时候，你最柔弱的泪水好似都化作坚硬的铠甲，将我牢牢保护在你的羽翼下。我知道你的压力，知道你的苦闷，知道你的难过，可你在我面前展现的永远都是最乐观坚强的一面。我想对你说，你是这世界上最乐观坚强的女人。”

妈妈真是爱哭啊，脸上的泪水就没断过。我在信中向妈妈忏悔：“我不知道将你惹生气了多少回，看见你的泪水，你的无奈，你的悲伤，我的自责与悔恨顷刻间相遇并爆炸，炸出我不愿掉落的泪水，炸出那让人难写的‘对不起’。‘对不起’有多难？多少次我俩只隔一扇门，可那‘对不起’却迟迟说不出口？多少次我俩背对而眠，可那‘对不起’也无法让你听见。你的‘对不起’总是翩然而至，我的‘对不起’总是杳无音信。”

学校让给父母写信，让我写出了平时说不出口的话：“每个人都承担着他所要承担的喜与悲，多少次面对他人展现的笑容，是吞下泪水、擦干泪痕硬挤出来的。如果小孩意味着无忧无虑，没有悲伤，那‘小孩’这两个字将好写太多太多。你看见一个人的模样，只是他想显露给你的模样罢了，他也必须承担那份暗处的悲伤。但是，我希望你——我的妈妈，只有向阳，没有背阴。我爱你！妈妈。”

信读到这里，妈妈转过身，含泪微笑着，给我一个大大的拥抱，我也紧紧地回抱妈妈。妈妈在我耳边轻轻说：“女儿，别低头，皇冠会掉；女儿，别落泪，珍珠会落。你可以的，相信自己！”

23 乐华欢乐世界

炎热的暑假，热得人哪里都不想去，只想待到空调房里。学生们放假了，可惜大人们却没有假，除了和我们同时放假的老师们。

妈妈怕热，每年七八月份是西京城里最热的时候，她都想跑到东北去。可惜这个时候没有法定节假日，正是职场人员休带薪年假的高峰，再加上繁忙的工作，不一定就能保证休假。我给妈妈说我想去乐华城玩，说了好几回，妈妈才在一个不值班的周末，抽出时间，和爸爸一起陪我去乐华城。

为了能让我玩得尽兴，爸爸、妈妈还约了陶可心、李子轩、沈云溪他们三家人。西安乐华欢乐世界离城区还有点距离，爸爸说它坐落在西咸新区泾河新城沣泾大道上，离我们家有将近 30 千米，我们开车也跑了 40 多分钟。四家人准备在乐华欢乐世界大门口会合,同学们一个多月没见面了,见了面亲热得不行。我们在卡通风格的大门口合影，穿过这道欢乐的大门，让我们来尽情欢乐吧。

其实来这里，我就是奔着过山车来的。听说乐华欢乐世界有目前中国西北乃至亚洲地区数量最大的过山车集群，特别是“闪电”过山车。资料显示“闪电”过山车轨道总长 1.3 千米，最高时速可达120 千米 / 小时,轨道高度为61 米。它是国内最长、速度最快、系统最先进的过山车。我在心里已经想坐“闪电”过山车好多回了，这回要骗着妈妈和我一起坐。

妈妈还是医生呢，胆子小得像兔子。爸爸不知是胆小还是聪明，反正死活不上我的当。我爸爸陪沈秋白叔叔、林玉琮阿姨、焦黛沫阿姨坐在茶座喝茶，我妈妈和李子轩的爸爸李槐安陪我们玩。妈妈死活不想坐过山车，我就哄她说：“‘闪电’过山车其实没多快，只是宣传得有些夸张。”

李槐安叔叔也说：“怕什么？只要身体没有高血压和心脏

病，放心坐！”

我第一次见李子轩的爸爸李槐安，听说他爸爸是个画家。李子轩和他爸爸站在一起，身高上几乎不分高下。李槐安叔叔留着披在肩头的长发，大背头，下巴上还有一撮小胡子，笑起来很是好玩。他一身粗布衣衫，上白下黑，一双白底黑布鞋，像是从秦岭里走出来的隐士。

李子轩的妈妈焦黛沫阿姨，是秦腔剧团的演员。按理说这样的画家、演员组合起来的家庭，应该是艺术氛围浓厚的艺术家庭了。可是你看李子轩，就跟孙猴子一样，一刻都不得安静，哪里像艺术家庭熏陶出的孩子？

好说歹说妈妈终于和我坐上“闪电”过山车了，李子轩和他爸爸同排，沈云溪和陶可心一排。“闪电”过山车开始爬那个巨大圆形的坡了，我知道只要一过顶点，它就会加速俯冲。我瞬间感觉失重，双手不由紧紧地抓住扶手。妈妈已经在我身旁惊声尖叫了，我扭过头去看她。“闪电”速度太快了，感觉妈妈的长发都被吹成横的了。她双眼紧闭，双手握扶手的姿态都快僵硬了。后排陶可心的声音又尖又高，竟然成了凄厉状。“啊——”心快蹦出来了，我也失控地喊起来。李子轩的吼声也在此起彼伏，汇入整列过山车的交响之中。旋转、翻滚、穿梭、俯冲，像鸟翔蓝天，鱼游深海，此时我们都已失去了自我。

“闪电”过山车终于到站刹车。我处于极度兴奋中，妈妈脸色发白，李子轩脸色发青，陶可心脸色发暗红，沈云溪也好不到哪里去，竟然脸色有些泛黑。可惜我看不到自己的脸，兴许是彩虹色呢。坐了一趟“闪电”，我们大家都换脸了。出口处，有拍照系统现场抓拍，我们选了我们最好笑、最疯狂的样子留作纪念。

我扶着妈妈，兴致勃勃地跟她商量：“妈，妈，咱再去坐‘龙之脊’过山车吧？”

妈妈闭着眼摇摇头，有气无力地说：“你和同学们去吧，妈妈快晕死了，再也不会坐过山车了。”

我扶妈妈到茶座，由爸爸照顾她，李槐安叔叔带着我们继续去玩。可是，我已经没有同路人了，因为那几个胆小鬼都不敢再坐过山车，我就独自一人去享受“龙之脊”的刺激吧。李槐安叔叔不放心，一直跟着我，我在过山车上狂飙，他在过山车下提心吊胆。

我把该坐的过山车都坐了一遍后，才感觉过瘾了。他们几个去感受了海盗船、墨西哥大草帽等游乐设施，惊险程度哪里能和我的这些过山车相比？和家人们会合后，他们都说我胆大心细、不恐高、平衡性好，以后可以当航天员。航天员，好像感觉挺不错的，我也许可以考虑一下。愉快的午餐后，我们又去看了巨幕 4D 电影，真有种身临其境的感觉。

时间在不知不觉流淌，西边的天空像是被火热的夏天烤红了。那一片红就像正在燃烧的火塘，又像一大片火红的颜料铺展在西边的天空。西坠的太阳依然散发着炙热的光，给各色红云镀上金边。晚霞提醒着我们该回家了，美好的时光总是过得很快，同学们恋恋不舍地告别回家。

24 浪漫乞巧节

昨日玩得太嗨，今天起床后，我全身就像散了架一样。梳头抬不起胳膊，系鞋带弯不下腰。

姥姥大清早来了，进门就看见我正在背手费劲地拉拉链。她赶紧放下手里的蔬菜和水果，帮我把裙子拉链拉好。妈妈去上班了，爸爸在忙下学期的教案，我写一会儿暑假作业，再看一会儿电视。周内妈妈去上班时，我待在家里就有些无聊，姥姥来了真好。

“一诺，你妈妈把绿豆在哪里放着？”姥姥从厨房探出头问我。

我放下正看的书，走进厨房：“姥姥，我平时也没注意，要不我们一起找吧？”

“不用，不用，你快去看书。”姥姥把我推出了厨房。

“爸，爸，我姥姥想找绿豆呢。”我喊爸爸来帮忙。

从书房出来的爸爸，一改往日严谨的着装，穿着白色大汗衫和黑色外穿大裤衩，趿拉着拖鞋。这哪像个中学老师嘛，纯粹一街头闲人。

“妈，我来找。”爸爸走进厨房，开始翻箱倒柜。

“您找绿豆干吗呀？”爸爸边找边问。

“这不快到七月七了嘛，我取点绿豆泡‘巧芽’，再给咱熬点绿豆汤解暑。”姥姥给爸爸解释着。

爸爸找出绿豆交给姥姥，又进书房忙他的事情去了。

我倚着门框，好奇地问姥姥：“姥姥，啥是巧芽？”

姥姥边洗绿豆边回答：“巧芽就是在农历六月六日晒上一碗豌豆，然后用井水泡上，放在既通风又不让太阳直射的地方让它生芽苗，这芽苗就叫巧芽。咱现在没豌豆，用绿豆也可以代替。”

我看着姥姥把多半碗绿豆用少许清水泡上，放在厨房台面的角上，用潮湿的笼布盖上，然后又煮上绿豆汤。

“姥姥，您现在是要生绿豆芽？”我好像有点看懂了。

“对呀！再过几天就是阴历七月七日七夕节，牛郎织女的故事听过吧？牛郎织女鹊桥相会时，女孩子们‘比巧芽’，向织女乞巧，这样就会心灵手巧啊！”姥姥笑眯眯地看着我。

“比巧芽？比巧芽？”我想不明白。

“你当然不知道了。‘比巧芽’就是在七夕当天下午，姑娘们把自己精心发制的‘巧芽’拿出来展示，并掐取最细最长的芽来穿针。巧芽能穿针的姑娘，就是心灵手巧的姑娘；若穿不了针，就是心愚手笨的姑娘。”

“真好玩！我也要比。”我央求姥姥给我点绿豆。

姥姥真的拿杯子泡了点绿豆递给我，我学着姥姥的样子，用一小块湿布盖住杯口，我把杯子放在我书桌的一角，以便随时观察它，还方便天天换水。

一个多礼拜后，七夕节如约而来了。姥姥很重视，妈妈也就跟着重视起来，专门准备了鲜花和水果。姥姥将鲜花和水果摆放在靠窗的位置，嘱我取出一根又细又长的巧芽，她随意取了一根巧芽，又给我准备了大号的针，她自己拿了小号的针。婆孙两个开始用巧芽穿针，我的针是大号的，巧芽挑了又细又长的，我的眼睛又亮，很快就穿过去了。

“耶，我的巧芽能穿针，我是巧姑娘。”我高兴地喊起来。

“让我看看。”姥姥接过我穿好的针和巧芽，左右端详着。

“真不愧是我的小孙女，手比姥姥的手巧。”姥姥表扬我呢。

“姥姥快穿针，姥姥快穿针。”我摇着姥姥的胳膊。

姥姥戴上老花镜，习惯性地用右手把巧芽尾端放进嘴里抿了抿，然后左手将针屁股举到眼前，稳稳地把巧芽穿进了针眼里。

我忘乎所以地拍起了手：“姥姥真棒！姥姥也是巧手姥姥。”

妈妈在旁边微笑地看着我们：“我的妈妈和女儿都是巧手！就我笨得很。”

“你还知道啊？手笨还不赶快向织女乞巧？”姥姥对妈妈一副恨铁不成钢的样子，想起来，妈妈也曾经是这副样子对着我。

我们望向窗外向织女乞巧。姥姥低声念叨着：乞手巧，乞貌巧；乞心通，乞颜容；乞我爹娘千百岁；乞我姊妹千万年。妈妈双手合十向着夜空和银河祈祷：愿我和女儿能像母亲一样心灵手巧！我也很虔诚，不过我的愿望许在心里，对姥姥和妈妈保密。

25 有趣的化学课

快乐的日子像磁悬浮列车一样顺滑，烦恼的日子像老牛拉破车一样粗糙。

开学了，暑假的快乐日子结束了，初三紧张的学习阶段开启了。刚一开学，学校就给初三毕业班的学生来了个下马威，进行暑期学习效果检测考试。连着考了两天，把人都快考焦了。

第二天考完试放学时，李子轩悄悄对我说："一诺，考了两天试，把人考得都没胃口了。放学后，咱叫上云溪和可心去吃小吃吧。”

“才刚开学没两天，就嘴馋啦？”我笑着问李子轩。

“也不是，只是好久没见同学们了，想着大家聚一聚。”李子轩不好意思地摸了摸鼻子。

“行！我给可心说一声，你把沈云溪叫上。”我爽快地答应了。

约好后，我们分别给家人打电话请假，随后一同出了学校，坐上公交车来到未央路上的盛龙广场。盛龙广场地理位置很好，在西京城中轴线上，这里公交、地铁都很通畅，大明宫国家遗址公园也离此不远。

盛龙广场里有很多美食。若是家人朋友聚会，可去主打陕菜的“遇见长安”；我们同学之间小聚，吃小吃最划算。我们直奔盛龙广场南侧综合体三楼的袁家村。袁家村可是陕西响当当的美食集散地，陕西本地小吃在这里齐聚一堂。李子轩和沈云溪要了 biangbiang 面，我选了搅团，可心要了捞凉粉，我俩又帮大家选了烂猪蹄和菜疙瘩。

烂猪蹄炖得超级好，骨肉分离，入口即化；菜疙瘩好像用野菜做的，很新鲜；搅团中玉米面黄，油泼辣子红，最是那撮碧绿的韭菜提色；捞凉粉晶莹剔透，挑在筷头颤巍巍的；biangbiang 面一直都是陕西男人的心头好，从小男孩到老大爷无一例外。

每样小吃都见底后，同学们挥手再见，然后各自赶回家做作业，预习明日的功课。

考试真是收心的好方法，同学们一下子就进入学习状态了。初三新开了一门化学课，我们还挺期待的。上课铃响了，走进来一位瘦瘦高高的年轻男老师，理着精神的板寸，国字脸，浓眉大眼的，像电视剧里的男老师。帅哥老师姓赵，研究生毕业于西北师范大学，分到西京中学有 3 年了，我们是他带的第 4 届学生。

这节课老师进行化学启蒙，从最基础的物质变化讲起。赵老师面对着同学们侃侃而谈：“物质变化，可分为物理变化和化学变化。同学们可以想一想，物理变化和化学变化有什么特征和区别？”

同学们七嘴八舌地讨论开了。赵老师开始提问了：“风把玻璃吹落摔碎是什么变化？”

同学们纷纷举手，老师指向了李子轩：“这位同学来回答。同学们回答问题前，请先自我介绍，我也好尽快和同学们熟悉起来。”

“老师，我叫李子轩。摔碎的玻璃是物理变化，它只是形状变了。”李子轩回答得很流畅。

“回答得很好，请坐下！下面我们继续做实验。”赵老师把蔗糖溶解在水里，又用酒精灯加热把水蒸发掉，蔗糖又析出来了。

“请问这是什么变化？”赵老师指着桌子上的酒精灯和烧杯问。

“老师，我知道，叫我！”“我也知道，我也知道”……同学们都想给帅哥老师留下好印象。

赵老师的眼睛在教室里扫了一圈，定定地看向了我：“请李子轩旁边的女同学回答。”

我站起来，朗声回答：“老师好！我叫王一诺。蔗糖溶解于水中，它的形状和状态都发生了变化，水蒸发后，蔗糖又析出来了，它的本质没有变化。”

老师又叫了一位同学，那位同学也表达了自己的想法和看法。“同学们，大家都很善于观察，也很善于思考，你们说得都很对。那我总结一下，物质发生变化时没有生成新物质，这种变化叫做物理变化。”

“下面，我们再来做一个实验。”老师取出一根火柴，让我们先看一下，老师就像魔术师一样。然后他擦着火柴，看着它燃尽，放在托盘里。

“现在做第二个实验，同学们注意观察，看有什么发现？”

赵老师叮嘱着我们。

赵老师取出一根银亮银亮的镁条，用镊子夹着放在酒精灯上点燃。燃烧的镁条发出耀眼的光，燃烧尽后，变成了白色的粉末。

赵老师让同学们讨论这两个实验的变化。沈云溪少见地举了手，赵老师就让他起立回答："老师好！我叫沈云溪，云朵的云，溪水的溪。"

"沈云溪，沈云溪，名字很有诗意。好，我记住了，你给同学们说说吧。"赵老师倒对学生名字产生了兴趣。

"火柴梗燃烧后，生成黑色的灰烬，同时发出一种气味，除了硫的气味之外，应该还有二氧化碳。"沈云溪边想边分析着。

"沈云溪同学分析得不错。下面哪位同学愿意讲一讲第二个燃烧实验？"赵老师既表扬了沈同学，同时又在鼓励其他同学。

我看到陶可心在跃跃欲试，因为只要沈云溪有动静，陶可心必定有动作。

赵老师点到了陶可心，看来她站起来举手的壮举没有白费："老师，我是陶可心，可心就是可人心意的意思。"

"咦，牙快酸倒了。"同学们在底下起哄。

赵老师挥挥手，制止了起哄的同学："请大家听陶可心同学的分析。"

“镁条燃烧，发出耀眼的白光，产生热，生成白色粉末。”陶可心在讲述自己看到的现象。

“那请问白色的粉末是什么物质？和镁一样吗？”赵老师继续追问。

“白色的粉末我不知道是什么，但是肯定和镁不一样，是一种新物质。”陶可心侧着头在思考。

“好的。请坐下！陶可心同学观察仔细认真，也说到点子上了。白色的粉末是一种新物质，叫氧化镁。”赵老师揭晓了谜底。

“通过刚才的实验，我们发现物质发生变化时生成新物质，这种变化叫做化学变化，又叫化学反应。”赵老师好像在做总结发言。

下课铃声响起，赵老师鞠躬对我们说：“同学们，今天的课就到这里，能给你们授课，我很开心！”

同学们也很配合，非常给力地大声喊起来：“我们也很开心！谢谢老师！”

26 聚一下吧

桂花飘香时节，空气都是香甜的。我们学校附近有很多桂花树，每年九、十月份，我们都沉浸在桂花香中。

开学后不久的一个周日，晨起我陪妈妈到大明宫散步。我们从右银台门往东行，快到宫苑西路时，顺着西宫墙跟前的小路南行，走着走着，一大片金黄映入眼帘。

我紧跑几步迎上那片金黄，那真是一片金色的花海呀！一大片坡地上，热热闹闹地拥挤着金色的花朵，下面是碧绿的茎和叶，很吸引人。

“妈，这是啥花呀？开得这么灿烂！”我低头仔细端详着，向妈妈问着花名。

“我看看，好像是大花金鸡菊。”妈妈的回答有点不自信。

“妈，你说对了，这块牌子上写着‘大花金鸡菊’。”我像发现了新大陆一样。

“你说为啥叫这名呢？”我嘴里嘀咕着。

“你看它绿绿的叶，长长直直的茎秆，顶上一朵金菊，多像顶着冠子独立的金鸡呀。”妈妈用手机寻找合适的角度拍照，还不忘给我解释。

妈妈想给我拍照，我总是不让，她就趁我不注意时偷着抓拍。小时候的我可爱照相了，特别是和花花草草照相，然后比着傻傻的剪刀手。长大了，我却不爱照相了，难道这也是一种叛逆？

刚开学没多久，我就盼望着国庆节，是不是有点过分啊？初三的日子过得如流星一般，国庆节如我所愿很快就到了。

陶可心国庆节期间过生日，她早早就给我打来电话，约着一起穿汉服逛街吃饭。她妈妈玉琼阿姨也和我妈妈商量好了，两家约在大雁塔附近聚会游玩。

外地游客来西京旅游，首选网红打卡地一般都是大雁塔及其附近的大唐不夜城、大唐芙蓉园。别说外地游客了，西京本地人节假日、周末也喜欢到大雁塔逛逛。唐永徽三年（652年），高僧大德唐玄奘在长安慈恩寺的西塔院主持建造了大雁塔，用来保管从天竺带回的佛像、舍利和梵文经典。唐高宗亲笔御书《大慈恩寺碑记》，从此大慈恩寺之名沿用至今，大雁塔也被称为“慈恩寺塔”。

国庆假期，大雁塔景区的人就像一下子空降出来的，比往日里多了好几倍。唐装、汉服、各色时装争奇斗艳，中国人、外国人摩肩接踵。为了避开人潮拥堵高峰，我们约了下午5点左右，在大雁塔西隔壁的大悦城会合。

我和妈妈从大雁塔地铁站西南口出来，如织的人潮吓了我们一大跳。虽说心里对大雁塔的人潮早有准备，但是身临其境还是会被吓到。我们随着大部队慢慢前行，走了将近半个小时才到大悦城。稍等一会儿，陶可心和她妈妈也到了。

吃什么呢？那就吃点本地特色菜吧。我们直奔三楼长安大排档西游漫记店。虽说下午5点刚过，可是店里就餐人员已经满满当当，我们抽了号等座。10多分钟后，终于叫到我们的号了。门口着长袍马褂的迎宾长者敲响铜锣，用秦音大声播报着用餐人数，说着祝福的吉祥语，立马有执旗者引导我们就座。点了长安葫芦鸡、妃子笑、金边白菜、甑糕，我和陶可心要了醪糟冰激凌，妈妈和玉琼阿姨点了桂花酿。妃子笑上桌时，荔枝树下云雾缭绕，荔枝树上叶片碧绿，荔枝果红艳诱人，好一幅“一骑红尘妃子笑，无人知是荔枝来”的绝美画卷。

很快我们的餐食、饮品和甜点上齐了。我和陶可心都有些渴了，刚好有赠送的大碗茶，我就以茶代酒，妈妈们也举起了桂花酿的酒碗，一起祝可心生日快乐。醪糟冰激凌要先吃啊，要不然会化掉的。碗底是醪糟汤，冰激凌球占据醪糟汤中央，雪白的冰激凌球上点一颗樱桃心，周围配上切成小块的火龙果、芒果、菠萝，最上方斜插一小块圆形的石子馍，再用薄荷叶点缀，醪糟汤里可见腰果、葡萄干等干果，真是好看又好吃。

我们都迫不及待地想吃妃子笑，不知荔枝果会是什么做的呢？我从荔枝树上摘下一颗荔枝，放在可心餐盘里。又给自己摘了一颗，放在酸甜的果酱里轻轻一蘸，放进嘴里再轻轻一咬。哇，外层酥脆，内里虾球Q弹，真是好吃极了。真想“日啖荔枝三百颗，不辞长作岭南人”。

长安葫芦鸡外酥里嫩，金边白菜酸爽香脆，甑糕香甜软糯，美食真是养眼、养胃啊。

吃过美食，我们先在大悦城里好好转了转。中庭有夺人眼球的高大孙悟空雕塑，他面向大雁塔的方向，双手合十，双眼微闭，如意金箍棒横置于臂弯之上。孙悟空来大雁塔拜访他的师父唐三藏，他们要一起聊聊西天取经的趣事。

天幕大屏上，上传了我和陶可心相依相偎的合照，我为可心送上了最美的祝福：好朋友要永远在一起。

四楼雾镜广场的露台上，一轮巨大的圆月（照明装饰装置）照亮了露台。天上有星有月，地上有灯有光，夜幕下的大雁塔看起来有种不同白日的梦幻美。我和陶可心站在露台边，国旗在迎风招展，身后不远处是大雁塔。两位妈妈化身摄影师，为我和可心记录下这难忘的、愉悦的美好瞬间。

27 流感啊流感

进入初三，一切都快得像风，想留都留不住。菊花谢了，蜡梅又孕出花蕾。秋去冬来，转瞬又是一年。

元旦到了。为了迎接新的一年，老师和同学们利用下午自习课的时间，举办了元旦晚会。同学们自带糖果、糕点和水果，聚一聚，聊一聊。大家争着表演节目，每个人都想给同学们留下一些美好的回忆。就连我们的班主任张老师和英语王老师，还合作演唱了一首歌。

《相亲相爱一家人》是一首旋律和歌词都很美好的歌曲。“我喜欢一回家就有暖洋洋的灯光在等待，我喜欢一起床就看到大家微笑的脸庞，我喜欢一出门就为了家人和自己的理想打拼，我喜欢一家人心朝着同一个方向眺望。哦……因为我们是一家人，相亲相爱的一家人，有福就该同享，有难必然同当，用相知相守换地久天长。”同学们听着这么温馨好听的歌曲，不由地用双手打着节拍，自觉地跟着合唱起来。

小寒节气来了，西京城下起了雨夹雪。中国的二十四节气真是太准了，准到天气都来配合它。蜡梅初绽，雨淋湿了花瓣和梅枝。下午放学时，温度逐渐下降，小雨就变成了小雪粒，有点像透明的玉米糁，真想伸出舌头来接点小雪粒吃，又恐别人笑我傻。蜡梅的花瓣上轻轻覆上小雪粒，就像蜜蜡酒杯中盛着小冰晶。好想取来一杯喝，你说会不会喝醉呢？

初三了，这样忙里偷闲的时光实在是太少太少了，每天都是匆匆忙忙的。期末考试、家长会接踵而至，不过短暂的寒假也就开启了。

妈妈的工作越来越忙了。听她说武汉出现了一种不明原因的肺炎，导致一些人患病。现在是冬季，呼吸道疾病高发，妈妈让我不要外出乱跑，特别是不要去人多的公共场合。她说最近医院里甲型流感、乙型流感、支原体感染、衣原体感染的儿童和成人病例都增加了，让我一定要注意预防感冒。

即便妈妈是医生，而且天天在我耳边给我灌输疾病预防知识，在一次同学的小聚会之后，我还是不可避免地感冒了。发烧、头晕头痛、咽痛、流涕，妈妈当即给我备了一些对症的药来吃，可惜效果不是很明显。我依然反复发烧，还慢慢地增加了咳嗽的症状。妈妈看口服药效果不佳，症状缓解不明显，带我去医院进一步诊查。

经过化验和 X 线片检查，我被确诊为甲型流感，需要住院治疗。幸亏最近姥姥没在我家，否则被我传染了可不好。爸爸利用寒假时间回老家了，也没在，可把妈妈一个人忙坏了。既要忙工作，休息时间又要戴好口罩、做好防护照顾我，好难呀！

所幸经过一周左右的抗病毒、抗感染、对症治疗，终于赶除夕前我痊愈出院了。在我住院期间，关于武汉不明原因肺炎的病例越来越多，经过专家们的研究，分离出了新型冠状病毒，所以这种肺炎后来就被称为新型冠状病毒感染的肺炎。冠状病毒的病毒颗粒像古代帝王的皇冠，可就是它引发了这么致命的疫情。

出院后还没过两天安生日子，就听说西京城出现了首例新冠肺炎感染病例。武汉封城了，紧接着全国多地开始封控管理。西京城也从除夕夜开始了大动作，向武汉派出医疗队进行支援，

同时本地也加大了防控力度，逐步开始封控管理。

多亏春节前采买了一些年货，否则吃饭都要成问题了。春节七天假，我和妈妈困守在家里。妈妈照顾我时生了病，还发烧，她把自己关在卧室里，我在另一间卧室里既担心又害怕。妈妈只有在做饭、去卫生间时会走出自己的卧室，而且出来时还戴着一次性外科口罩。家里仅有的这些口罩，还是妈妈大年二十九下班时，在路口的药店里买的，她同时还买了些酒精。妈妈不愧是医生，未雨绸缪，此后口罩和酒精就成了抢手货，很难买到了。

这是一个什么样的春节啊？因受疫情影响，小区的供暖停了，我和妈妈冷得在家里都裹着羽绒服。两个卧室里开着取暖的小太阳也不管用。电量损耗很快，正月初三的时候停电了，因不让出单元楼，物业也没上班，无法去物业买电。只能把电卡再刷一次，把里面的应急备用电先用上，也不敢开取暖设备了，仅够晚上照明用。

妈妈又忙又累，她的感冒症状很重。高烧、咽痛、流涕、咳嗽，结合我之前得过甲型流感，妈妈诊断自己也得了甲型流感。尽管妈妈护理我时自我防护做得很好，但她还是被感染了。妈妈利用春节假期的时间抓紧治疗，争取早点好起来，可以早点去上班，投入新冠肺炎预防和救治的工作中去。

妈妈好起来后，就撇下我去单位了，加入新冠肺炎预防和救治的大军中去。除了医务工作者、政府部门工作人员、社区工作人员外，绝大部分人都被封控在家里。爸爸被封在了老家，我经常一个人在家，妈妈大部分时间都在医院。

这个受新冠疫情影响的春节，真是永生难忘！

28 我的抖音时光

西京城封控管理期间，妈妈不能陪我，我也无心学习，经常抱着手机刷。手机真是一个神奇的发明！手机打败了电视，打败了电脑，未来还有可能打败实体店。

刚开始用手机和同学聊 QQ、聊微信，聊着聊着，觉得不过瘾了，就开始用手机拍照，当然自拍照是最多的。拍照片、拍短视频，拍完短视频就想着如何把它有意义地保存下来，还想发给亲戚朋友们看。

朋友们就给我推荐了抖音。趁妈妈上班去了，我在手机上下载了抖音。刚开始我还不会制作自己的抖音短视频，主要看别人发表的抖音作品。原来抖音就是一款音乐创意短视频社交软件，现在有很多人在玩抖音刷抖音，有时玩得都忘了时间，忘了吃饭。除了选择模板拍同款短视频外，自己提前拍好短视频或图片后，进入抖音界面，选择相册里的短视频或图片，选择配乐，添加话题，也可添加文字和表情等，点击发布就可以了。

刚开始入门并不难，但要制作一段精美的抖音作品，没有大量的实际操作练习是达不到的。我的第一个抖音作品是拍了一段10秒钟左右的手指舞，我还给周围加上了“漏光”特效，自我感觉还不错。发布以后，同学们纷纷给我点赞，看来不是我一个人在玩抖音，原来同学们基本上都会玩抖音。

自从下载了抖音，学会制作抖音，我每天花在抖音上的时间逐渐增多。因为受新冠疫情影响，元宵节后我们不能按时开学，只能开启网课模式。在吃饭、休息和上网课之外，我的时间基本都用在刷抖音上了。大约一个礼拜之后，我感觉我的眼睛干涩不适，视力也有所下降了。可我不敢给妈妈说，怕妈妈说我。

有天晚上，我上床休息了，估摸着妈妈也休息了，我就偷偷取出手机，躲在被窝里刷抖音。不过我忘记关声音了，音乐声把妈妈吸引了过来。妈妈穿着睡衣站在我的卧室门口，轻声问：“一诺，怎么这么晚了还不休息？”

我赶紧关闭手机声音，把手机熄屏，结结巴巴地回答妈妈：“就、就休息呀！”

可妈妈已看到手机的亮光，之前还听到了动感的音乐声，妈妈严厉地说：“把手机拿出来。”

我不敢违抗妈妈的话，只好把手机交给妈妈。

妈妈拿到手机，看了一眼，又把手机举到我面前：“把手机解锁！”

我用指纹解了锁，我正刷的一条抖音还正在运行。妈妈看了看抖音，生气地退出抖音界面，语重心长地对我说：“一诺，你们这届学生本身就受疫情影响，耽误了很多课。我也知道，你一个人待在家里着急，可你们哪一个同学不是这样？又有几个全职妈妈可以待在家里陪伴照顾孩子？”

“我也没有天天玩，也就偶尔刷一下抖音。”我心虚地辩解着。

“怪不得妈妈发现你最近眼睛里都是红血丝。原来以为是上网课影响的，现在看来不是网课的原因，竟是抖音惹的祸。”妈妈收缴了手机，让我赶快睡觉。

哎，天天晚上刷抖音，我都已经养成夜猫子习性了，这会儿怎么都睡不着。“一只羊、两只羊、三只羊……”不知道最后数了多少只羊，我才勉强睡着了。

第二天，妈妈临上班走之前，还是把手机给我留下了，一是上网课要用，二是也方便她打电话联系我。但是妈妈很认真地叮嘱我：“要管住自己，学习是自己的事情，不要靠别人盯着你、管着你。抖音上有知识有娱乐，但也有一些不太好的视频，会对你造成不好的影响。妈妈希望你能利用抖音多学点英语知识，而不是单纯的娱乐。”

“噢，知道了。妈，你快去上班吧！”我答应着妈妈。

网课开始了，听了 20 多分钟，我思想就有些抛锚了。拿起手机，还没刷几下，老师就点我名回答问题。不知是不是妈妈和老师说什么了，今天老师点我名的次数有点多。老师好像有千里眼，我刚想开小差玩手机，老师就叫我回答问题。这样反复了几次，我索性把手机放到一边，眼不见为净。

也许是为了监督我，妈妈打着为我做午饭的旗号，中午急匆匆地赶回来了。往常她都是将早饭、午饭同时做好，我中午只需要简单地加热一下就可以吃。妈妈以最快速度做好午饭，看着我吃完，为我定好闹钟上床午休，她才着急地往单位赶。

所幸 10 多天后，疫情防控政策宽松了些，姥姥终于可以来陪我了，爸爸也回来了。爸爸在一间卧室给他的学生上网课，我在另一间卧室上自己的网课。有人陪伴，有人做饭，有人照顾，当然更有人监督，我自是不敢再无休止地刷抖音了，也就是休息时间偶尔玩一下。

家里有人了，妈妈放心地在疫情防控救治的岗位上连轴转。好不容易妈妈周日有一天轮休，西京市民也可以出门。公共场所不敢去，那就去西安湖吧。

已是三月初，天气就像这疫情，总是阴云不散。出门的人，依然穿着冬季的衣服，显得很臃肿。姥姥穿着铁锈红羊毛大衣，我穿着亮黄色羽绒服，妈妈穿着橘红色羽绒服，在摄影师——爸爸的眼里，我们祖孙三人就像 3 个亮眼的彩陶娃娃。虽然冬季厚重的衣服显得我们很笨拙，但是好在衣服颜色鲜亮，倒不失为人群里的一抹亮色。疫情有所缓解了，可人们还是用口罩遮面，不敢疏忽大意。

春天在姗姗来迟，细看湖岸边的草地上，在去岁枯草的下面，已有小草在萌发。有好些人拿着小袋子，在用手掐苜蓿。姥姥也蹲下来，细心地掐起苜蓿。妈妈在器械上锻炼身体，我在仰头看天空的风筝，爸爸忙前忙后地为我们拍照片和视频。

头仰得久了，我觉得有点眩晕。就来到湖边，看看宽阔平静的湖水。湖水青青的，青中隐隐透出一丝绿来，有水流的波纹和声音，让人心静。我赶紧掏出手机拍了一段短视频，并配上和流水相关的乐曲，发布了一个抖音作品：一江春水向东流！

妈妈不知何时来到我身旁，探头看着我的抖音作品，笑着问："咋？又抖上啦！"

29 睡不着的睡美人

上网课、刷抖音的日子，真是自由快乐！没人监督、约束的日子，更是逍遥自在。

我天天窝在家里，一身家居休闲服就对付了白天与黑夜。我的房间里已乱成了一窝草，床上被子胡乱团着，书桌上零食包装袋、揩过鼻涕的纸巾、敞开口的喝水杯、吃完水果的空水果盘等，将书桌挤占得仅够我放下笔记本电脑和一本书。妈妈戏称家都快成狗窝了。狗窝就狗窝，我就是那只可爱的、妈妈又不愿意让我养的泰迪犬。

哎，真是搞不懂妈妈。狗狗多可爱呀！又聪明又伶俐，还喜欢黏人。我若是有只小狗，我一定要天天搂着它睡觉，用我的小鼻子蹭着狗狗的小鼻子，那温热的、潮湿的、柔软的感觉，想想都美好。可惜妈妈不给我买，也不让我养。哼，等我长大挣钱了，我就买两只小狗，一只陪我玩，另一只专门给妈妈捣乱，把家变成真正的狗窝。

我们的开学快有希望了。虽然清明节假期依然不让离开西京城，但听说清明假期后就有望开学了。往常总喜欢放假，特别是在北方地区，寒假短，仅有一个月。春节还没过够就该开学了，有时连元宵节都过不上。今年元宵节都快过完 2 个月了，我们依然出不了门，在家上网课。我是如此盼着上学，家人更是盼着我们这些“神兽”们早日归笼。

不用早起到校，上网课就比较随意。起晚了，顾不上洗脸刷牙，就先把笔记本电脑打开，放到床头柜上，半躺着上课。姥姥看见了，准会唠叨我：“现在这些娃娃呀，真是咋舒服咋来。上课嘛，要有上课的样子。我们以前上课，要是坐不端正，老师会用戒尺打手心。”

我眼睛盯着电脑屏幕，撒娇着回应姥姥：“哎呀，姥姥，人家起晚了嘛，偶尔为之，偶尔为之。”

“那还不怪你自己不听话？昨晚你妈妈让你 10 点洗漱睡觉，你就是不听。不是刷手机，就是看电视。”姥姥嗔怪我。

“姥姥，那晚上 10 点多我睡不着嘛。”我一心二用着。

“小小年纪，哪有睡不着的？只有睡不够的。不像我们老年人，爱钱怕死没瞌睡。”姥姥把自己都说笑了。

“姥姥，我错了，下次保证改正。”我向姥姥敬礼保证着。

说到睡觉，我有些犯愁了。以前总是瞌睡多得睡不醒，现在是到了夜里 12 点也不瞌睡，妈妈说我是刷抖音把作息时间整乱了。晚上 10 点刚过，妈妈就来收手机了。

妈妈把手伸向我：“一诺，10 点了，快去洗漱睡觉。”

“哎呀，妈妈，人家还不瞌睡呢。”我耍着赖皮。

“把手机给妈妈，去洗漱睡觉。泡个脚，喝杯牛奶，躺在床上，很快就睡着了。”妈妈说完，不容分说就拿走了手机。

我只好起身去厨房，妈妈已热好牛奶，我三两口喝完，然后去洗脸、刷牙、泡脚。躺在床上，我睡意全无，翻过来覆过去地在床上烙饼子。数羊数到都记不清数了，瞌睡虫还是没来找我。

我起身下床，拧开书桌上的星空灯，瞬时天花板就变成了星空和海洋。我重新躺回床上，眼睛看着头顶的星空和海洋，那种淡蓝色的梦幻般的光影，让人沉醉。星星在夜幕中眨眼睛，

鱼儿在海水里游啊游，我好像也遨游在星空和海洋中。游啊游啊，我终于游进了梦乡。

过完一个不能外出扫墓祭奠的清明节，我们终于开学了。可是，就是这样的开学也是有限制的，仅限于初三学生和高三学生，其他年级的开学日期待定。我好开心，好久都没有见到老师和同学了，特别是陶可心和李子轩他们。我感觉我爸妈比我还开心，就差放鞭炮庆祝了。我爸妈虽然没有放鞭炮，但是晚上回家后，我在手机抖音上发现妈妈竟然发布了一条抖音，标题就是“初三的神兽们终于开学了”。哈哈，妈妈竟然在抖音上“放鞭炮”了。

因为疫情耽误了正常教学，各门课的老师都在疯狂赶进度，上课提前，下课拖堂，经常是上一门课的老师刚走出教室，下一门课的老师就进来了，同学们连上卫生间的时间都没有。该到下午的课外活动课时间了，班主任张老师走了进来。课外活动课早都不知去哪里了，同学们只好互相过过嘴瘾。

一名男同学拖长腔调故意问：“有课外活动课吗？我怎么没见过。”

另一名女同学笑嘻嘻地回答：“有！课表上有。”大家哄堂大笑起来。

“好了同学们，赶快回到座位，咱们落下的课程太多了，眼瞅着两个多月后就要中考，可咱的课还没上完。往年这个时候，都进入全面复习阶段了。”张老师催促同学们赶快回到座位。

张老师开讲了，她的语速很快，内容也讲得特别快，不注意听讲就跟不上。可有的同学坐在座位上，跟坐在炭火炉子上一样，压根坐不住。张老师发现了，她细心叮嘱着：“想去卫生间的同学，自己从后门悄悄出去，不要影响其他同学听课。”

好几个同学悄悄出去，很快又悄悄回来，课依然很快地进行着。晚上回家，当天的课都有课后作业和卷子。除了吃晚饭，我都在不停地写作业，基本也要写到十一二点钟才能结束。我本身睡眠就不好，学习强度加大，心理压力也随着增大，晚上更睡不着了；晚上休息不好，第二天精神状态就不好，听课效果也大打折扣。这就像永无尽头的莫比斯环，我陷入这种糟糕的循环之中，无力自拔。

爸爸、妈妈想方设法为我调节和疏导，我自己也在想办法调整作息时间，调节心情和情绪。现在课后作业多了，妈妈希望我尽量在晚上 11 点左右休息。她给我换了我喜欢的床单、被套，换了更舒服的枕头，连睡衣都换成我喜欢的颜色。

临睡前冲澡或泡脚，再喝一杯温牛奶。这天晚上 11 点刚过，熄了灯，我已准备就绪躺在床上。妈妈特意为我放了助眠舒缓的音乐，还用食指和拇指在我眉眼间做按摩。好舒服呀！我感觉自己像躺在云朵上，又轻又软又舒服；眉眼间传来的那种轻柔和舒缓，让人就想深深沉睡进去。

疫情形势渐渐稳定，其他年级也开学了，校园里终于热闹起来了，我们的中考体育培训也开始了。白天紧张的上课听讲，还有一轮又一轮的模拟考试；傍晚市体育场的挥汗如雨；晚上书房里的埋头苦读，这些构成了我的初三生活。

临睡前冲澡或泡脚，一杯温牛奶，助眠音乐，助眠按摩，再加适度体育运动，“睡不着的睡美人”现在睡得可香啦，失眠早已消失不见了。

30 中考体育

从初二暑假开始，我和陶可心就在市体育场的超越体育培训班进行中考体育培训。夏练三伏、冬练三九说的就是我们。除了受疫情影响的日子，我们基本都是按时参加训练。下雨或下雪的日子，我们会去室内健身房进行训练，大多数时候在市体育场，有时也会去大明宫国家遗址公园。

五一劳动节如约而至，这个节日人们终于可以正常出门了。被新冠疫情封在家里的人们，迫不及待地走上街头。虽然人人口罩遮面，但依然遮掩不住春的气息。可爱的小姐姐们换上了裙装，小情侣穿着白色T恤情侣衫，滑板女孩是一身帅气的牛仔短装，怀抱婴儿的粉衣女子，手摇轮椅的华发老人，这一切的一切，预示着人间烟火正在回归。

五一劳动节，还真是劳动的节日。我们的中考体育培训班不放假，进行体育项目加练。超越体育的室内教学放在一家健身馆里，健身馆在万达的四楼。在前往健身馆的过程中，我和陶可心贪婪地看着报复性消费的人们。正是下午四五点钟的样子，万达里人头攒动。好久没有看到这么热闹的景象了。

体育培训课是晚上六点钟，我俩来得早，顺便逛逛万达。一楼是化妆品店、首饰店，消费人群多是年轻的美女和帅哥。

路过迪奥专柜，一个小姐姐摇着男朋友的胳膊撒娇："哥哥，给我买支口红嘛！"

男朋友笑着问她："不是前两天刚买过杨树林［圣罗兰(YSL)的俗称］的小金条口红吗？"

小姐姐噘着嘴说："美女的包包里怎么可能只有一支口红？"

导购小姐适时介绍："你看小姐姐多漂亮啊，肤白貌美，最适合我们的迪奥999了。"

"那我试试吧！"小姐姐站在了导购小姐面前。

小姐姐先用湿巾纸擦去唇上原来的口红，导购小姐拿出试用装，给小姐姐细心地涂好口红。又举着镜子，让小姐姐在镜前左顾右盼地欣赏，同时不住赞叹："多美呀！多显肤色啊！节日就要涂这种正红色口红才喜庆。"

"哥哥，好看吗？"小姐姐转向男朋友征求意见。

"我看看，嗯，还不错，那就买吧！"男朋友答应了。

小姐姐踮起脚，在男朋友额头轻轻印下一吻，就像盖了个唇形图章。男朋友不好意思了，想用手抹掉口红印，小姐姐抓住男朋友的手不让抹。

我和陶可心无意中看到这一幕，被结结实实地喂了把狗粮。陶可心撇撇嘴："哪里不能秀甜蜜？非要在大庭广众之下秀？"

我看着这一幕，笑着回应可心："人家愿意呗！"说完拉着可心往扶梯走去。

"一诺，你说圣罗兰小金条和迪奥 999 哪个好？"可心还不忘问我口红的事。

"等你上大学了，你可以把两支都买来试一下。"我扭头向可心挤了一下眼睛。

"哼，我才不要自己买呢，我以后也要男朋友送我。"可心矫情地说。

我伸手刮了一下可心的小鼻子："不害臊！男朋友还不知道

在哪儿呢？就说开大话了。”

到健身房后，小美教练已经到了，参训学员陆续到了。我们换好短袖短裤的速干运动衣，开始进行热身训练。每组动作各做两个八拍，热身运动让我们热身出汗了。然后上跑步机，先慢跑 10 分钟，再变速跑 10 分钟。休息 10 分钟后，接着上椭圆仪训练 10 分钟；杠铃操 10 分钟；动感单车 30 分钟；最后以瑜伽课收尾。

我比较喜欢动感单车，可心喜欢瑜伽课。动感单车总会配上动感的音乐，让人有跃跃欲试的感觉。小美教练和健身房的一位男教练在前排单车上领操，我们在后排单车上跟练。热情劲爆的动感音乐，青春阳光的小美教练，英俊帅气的男教练，这一切多么美好！做其他训练时，还有学员偷懒，现在有美女帅哥养眼，也没人偷懒了。

“One Two Three Go……”音乐响起，我们开始了一段奇妙的骑行。我们先坐在单车座位上骑行，几分钟后屁股离开座位骑行。随着音乐，我们挺直上身或俯身，摆头或倾斜身体……汗珠如雨滴落下，我的马尾辫随着韵律在飞舞，额头的刘海和碎发也被汗水打湿，沾在额头和脸颊上。

长大知道爱美了，我就舍不得剪我的头发。每次妈妈动员我剪头发，我总是不情愿。记得初一第二学期那个春天，妈妈带我去理发店剪头发，其实也不是剪多短，只是定期修理一下。可是遇到一个不太靠谱的理发师，给我把头发剪得像呆头鹅，气得我当场就哭起来了。从那天起，我就不想再去理发店了。现在我的头发留长了，在脑后扎个不长不短的马尾辫，走路一甩一甩的，再也不是初一时可爱的宝宝头了。

劲爆的动感单车，让我们大汗淋漓。稍事休整后，舒缓柔韧的瑜伽课开始了。可心按照教练的动作要求做得有板有眼，我躺在瑜伽垫上快睡着了。

六一儿童节前后，中考体育考核开始了。上次的运动会，我已经小露了一把锋芒，这次该上真考场了，不瞒您说，我就是奔着体育满分来的。

考点设在大明宫遗址公园东面的一个小学里，没想到小学的体育场还挺标准的，难怪会被选为中考体育考点。前掷实心球、排球对我来说就是小菜一碟，都拿到了满分。该50米竞速跑了，我是信心满满。

“各就各位，预备，砰！”发令枪响了，可惜有同学抢跑了，我和本组的同学回到起点准备重新起跑。

重新起跑，“砰”的一声枪响，同学们如离弦之箭飞了出去。我用眼角余光扫到有同学有抢跑的迹象，可惜裁判没有吹哨，我稍微犹豫了一下，导致起跑稍晚。虽然我也跑得很快，但因起跑受影响，最终 50 米竞速跑没有拿到满分，我非常沮丧。

出考点后，一部分家长和体育培训班的老师们守在校门口。妈妈给我递上水壶，悄悄问我："考得咋样？"

小美教练也一脸期待地看着我，我摇摇头，噘着嘴说："哎，起跑晚了，50 米没拿到满分，不过也算优秀。其他两项都是满分。"

"太好了！你已经很棒了！"小美教练抱着我转了一圈。

妈妈紧紧地拥抱我，都快让我呼吸不畅了："宝贝，你已经尽力了！成绩只是一方面，通过训练，你爱上了运动，锻炼了身体，增强了体质，这才是最重要的！"

31 游戏与聚会

后面的日子，过得飞快，我们都在中考这条高速路上飞速奔跑。

学校所处的街巷依然古老，法国梧桐的树身又粗了一圈，树冠更加扩张了，树叶依然尽职地为我们遮蔽着骄阳。因受新冠疫情影响,高考毫无悬念地推迟了,中考顺理成章地往后延了。

我们学校是高考考点，高考开考，学校就给我们放假了。爸爸教书的学校也是考点，爸爸要参与高考监考。忙碌一天回到家，爸爸累并兴奋着，在餐桌上和我们说东说西。

“哎，你说，这些家长也不知咋想的？个个都穿着旗袍守在校门口，不知道的还以为是旗袍走秀呢。”爸爸理解不了送考妈妈们的行为。

“还不是图个吉利和彩头呗！”妈妈抬头看了爸爸一眼，又低头吃饭。

“妈，过几天送我考试时，你会穿旗袍吗？”我很好奇。

“我才没那么无聊呢。学习重在日常，重在学生要学，和妈妈穿不穿旗袍没有关系。”妈妈一脸鄙夷的神情。

我和爸爸相视一笑：“咦，你就吹吧。”我可不信妈妈说的。

难得放三天假，我、陶可心、李子轩、沈云溪约着聚一聚。去哪里呢？那就去熙地港吧。约了 10:30 在熙地港 3 楼的卡通尼乐园碰面，平时高强度的学习，把大家压得快喘不过气来，今天我们“四人组”早早都到了。

换了一堆游戏币，我是每个游乐设施都想玩。娃娃机里有一只可爱的小熊好似在向我招手，我们就决定先玩娃娃机。最好能给我夹个小熊，给可心夹个小兔子。

我投了一只游戏币进去，用操纵杆操纵夹子，慢慢地向小熊移动，到小熊头顶了，推动夹子向下抓取。

“一诺，加油！一诺，加油！”陶可心在我身旁连蹦带跳地为我加油。

“陶可心，你能不能淑女点？小熊都要被你吓跑了。”李子轩揶揄陶可心。

“沈云溪，你也不管管你伙计？嘴那么臭！”陶可心寻求沈云溪的帮助。

沈云溪耸耸肩，摊开双手说：“你还不了解李子轩？我可管不了他。”

夹子完美地错过了小熊，我有些沮丧：“你们小声点，小熊都被你们吓跑了。”

“来，看哥给你夹小熊。”李子轩抢过操纵杆，投了一枚游戏币进去。

我顺势捣了李子轩一拳：“给谁当哥呢？脸皮真厚！”

“小心别碰我哦，我正在给你夹小熊呢。”李子轩讨饶地笑着。

左推、上推、右推、下拉，夹子终于夹住小熊了，李子轩通过夹子平平稳稳地将小熊带到出口，我赶紧伸手取了出来。

“李子轩，你真厉害！帮我夹个小兔子吧。”陶可心央求着。

“叫哥哥，叫哥哥就帮你夹。”李子轩趁机装大哥。

“臭美吧你！月份比我还小呢，还想给我当哥，下辈子吧。”陶可心嘴巴不饶人。

李子轩把位置让给了沈云溪，让沈云溪帮可心夹小兔子。

“可心，我没玩过娃娃机，要是没夹上，可不能哭鼻子。”沈云溪提前给陶可心打着预防针。

“没事，你夹吧，夹不上也不要紧。”陶可心让沈云溪放轻松。

“左、上、右、下，夹！”李子轩在旁声控着沈云溪。

那只粉白色的小兔子长耳朵被夹住了，晃晃悠悠总是要掉落的样子，终于有惊无险地夹到出口了。

陶可心弯腰取出小兔子，凑到嘴边亲了亲。投篮机是男生的心头好，就像毛绒玩具是女生的所爱一样。李子轩和沈云溪在投篮机前PK起来，约定谁输了中午就请客吃饭。虽然投篮机的背板上有计数器和计时器，可我和陶可心还是分站两人身侧，非常激动地为他们计数、加油。

俩人都是校篮球队的，实力水平相当，前30秒还真没有分出胜负。后30秒，沈云溪的动作明显慢了，也有了失误。当然，李子轩也做不到百投百中，也有零星失误。最终1分钟投篮数，李子轩是56个，沈云溪是52个。

“耶！沈云溪请客。”陶可心连蹦带跳地大声喊，早没了往日的斯文。

“想吃啥？说吧！”沈云溪露出难得的笑。

“一诺，你想吃啥？”陶可心征求我的意见，因为她有选择困难症。

“要不咱去五楼的美食广场？那里有很多本地小吃。”我提议着。

“王一诺，你是不是想给沈云溪省钱啊？小吃才多少钱？我想吃烧烤。”李子轩在抗议。

“要不咱去吃烧烤？不用给我省钱，请同学们吃个饭的钱还是有的。”沈云溪赶忙表态。

“吃什么烧烤，就吃咱陕西小吃，物美价廉。”我是主意很正的人。

“那就去美食广场吃小吃吧，好久没吃搅团了，还怪想的。”陶可心自然是站在我这边的。

最终还是以我和陶可心的意见为准，去美食广场吃小吃。我们上了两层扶梯，来到五楼，美食广场是陕派装修风格，很好找。沈云溪充了一张卡，陪在我们身旁，我们只管选各种小吃，沈云溪负责刷卡付钱。

陶可心选了搅团、浆水鱼鱼，我选了子长煎饼和秦镇米皮，李子轩一碗油泼 biangbiang 面，沈云溪一碗岐山臊子面。老陕这面肚子呀，也是没谁了。沈云溪又给大家选了肉夹馍、烂猪蹄、凉菜拼盘、梆梆肉，要了冰峰和酸梅汤，感觉好丰盛呀。

坐定后，冰峰和酸梅汤碰在一起。猜猜看，男生、女生分别会喝什么？

“为友谊干杯！”沈云溪率先举杯。

“为激情干杯！”李子轩豪迈地说。

“为梦想干杯！”陶可心睁着迷蒙的大眼睛。

“为青春干杯！”我兴奋地和大家碰杯。

肉夹馍要了两个，对半切开，一人半个，刚刚好。戴上一次性手套，开始啃猪蹄。女生要补充胶原蛋白，应该多吃点。男生喜欢吃烧烤，梆梆肉是熏肉类，比较适合他们。凉菜爽口，冰峰、酸梅汤开胃，真好！

我们各自面前的吃食也是不少，我和可心互相交换着吃。她拿我一卷煎饼，我舀她一勺鱼鱼，我夹一块她的搅团，她挑一筷子我的米皮，相当于我俩吃了 4 种小吃。李子轩和沈云溪头埋在大海碗里，低头刨着吃面。陕西之外的朋友有可能理解不了，为什么要用“刨”？老陕吃面是真的在“刨”，若是再就瓣蒜，那就更美了。

开心地游戏，快乐地聚会，这样的日子就像流水，一去不复返了。

32 初中毕业啦

中考一天天临近，同学们的词典里只剩下学习和休息了。好多同学买了午饭带回教室，边看书边吃。有些同学去卫生间还拿着单词卡，顺便记几个单词。

离中考不到 10 天时间了，同学们好像都变成了超人，可以不休息。晚上 10 点刚过，我想晚睡一会儿，再刷套卷子，妈妈就敲门进来了。

“一诺，把这杯牛奶喝了，赶快去洗漱，早点睡，要把作息习惯调整过来，太晚休息第二天早晨会没精神。”妈妈担心我熬夜，进来催促我了。

“哎呀，10 点太早了，平时晚上都是 12 点多才睡。”我头也不抬地在刷题。

“一诺，听话，你妈妈说得对。不敢太晚了，越到最后越要正常作息。”爸爸不知什么时候也站在了门口。

“好吧好吧，你俩真啰唆！”我停下手中的笔，整理好书桌和书包，端起牛奶一饮而尽。

七月酷暑，虽然开着空调，身上也是汗津津的。快速冲个凉，吹干头发，我舒服地躺在凉席上。我的目光透过窗纱望出去，月亮像颗银元宝挂在天际，周边散落着钻石般的星星。知了一声紧似一声地叫着：“知了，知了”。对了，“知了”，我上考场要是全部“知了”该多好！我做着这样的美梦进入梦乡。

入伏了，竟然下了场大雨，老天给燥热的天气降个温，也给马上中考的学子送来了短暂的清凉。下午我和妈妈入住提前订好的酒店，这个酒店距考场也就 500 米，很方便。看完考场，我和妈妈顺便在周围转了转。这个考点靠近西京明城墙的朝阳门，这里是城墙每天迎接第一缕朝阳的地方。

沿着顺城巷往南走七八百米，有一处热闹的所在——永兴坊。永兴坊在小东门里，也就是中山门里。很多外地游客都对永兴坊的里坊式街景和陕西非物质文化遗产美食非常感兴趣，这里也是西京人民的美食集散地。我和妈妈吃了 biangbiang 面、桂花蜂蜜黑芝麻炸糕。还有好多美食，诸如老潼关肉夹馍、长安卤猪蹄、三原千层油饼等，实在是眼大胃口小，只能过过眼瘾，等考完试再来放开吃。

中考第一天早晨，天下着小雨，还比较凉爽。妈妈安顿我吃完早餐，送我到考场附近。西京中学的老师和同学们在校门口对面的空地集合，等待进入考场。老师们穿上红色的 T 恤，上面有大大的对勾，预示着我们做题全对，看来学校对我们寄予厚望。

中考第一门是语文，我倒不太紧张。爸爸是老师，也在带着他的学生参加考试，所以没法来送我，让我有小小的遗憾。细雨微微地下着，妈妈将伞给了我，我站在队伍里往校门口走，妈妈在附近跟着，眼睛一直看着我。快到校门口了，我着急地想将伞合起来，可是半天收不起来，多亏身后的陶可心帮我。合起伞，急匆匆地交给妈妈，我就向考点校门口跑去。

两个半小时不知不觉就过去了，交卷的铃声响起，同学们交卷走出考场。刚出校门口，我就看见妈妈在向我招手。妈妈穿上心爱的旗袍为我加油助威，旗袍寓意着“旗开得胜”。

我小跑到妈妈跟前：“妈，你不是不屑于穿旗袍送考吗？”

“噢，今天下小雨，穿旗袍刚刚合适。”妈妈明显地在口是心非。

“希望我旗开得胜有那么难吗？”我呛妈妈一句。

“就是，我就是穿着旗袍，希望你旗开得胜。”妈妈看着我，不装了。

这才是我的妈妈，真实不虚伪。我挽起妈妈的胳膊，我们一起去吃午饭。短暂午休后，我又投入下午数学的考试之中。

中考第二天，雨停了，天阴着，我继续参加英语、物理、道德与法治考试，妈妈因为也要参加她人生中的重要考试，由姥姥陪我，送我去考场。早晨我和妈妈分别走上不同的考场，为梦想拼搏努力。

中考的最后一天，艳阳高照，我的心情就像这夏日骄阳一样明媚。挥手告别妈妈，我信心满满地走进考场。化学、历史两门考试，考试时长分别是 60 分钟。秒针、分针、时针怎么走得这么快？很快就到了考试结束的时间。我交过卷子，蹦蹦跳跳地出了考场。

我的妈妈今天真醒目！她穿着她最喜欢的锦鲤真丝旗袍，怀里还抱着一束花，主花是一朵大大的向日葵，周围配着红艳艳的红豆。朋友们可以想象一下：一位身材高挑的女士，被旗袍完美地勾勒出曲线，长发柔顺地披散着，怀抱金黄的向日葵和红豆，向日葵巨大的绿叶衬着红豆，红豆簇拥着金黄的向日葵，整幅画面想不夺目都不由人啊。

我向妈妈飞奔而去，妈妈也向我迎来。妈妈紧紧地抱住我，给我一个甜蜜的拥抱。然后放开我，给我送上美丽的花束。

“妈，你今天这身行头很亮眼啊。不知又预示着什么？”我明知故问。

“妈妈也是俗人一个呗，不能免俗，想着向日葵代表一举夺魁，所以买了向日葵送你。”妈妈有点不好意思了。

“谢谢亲爱的妈妈！愿妈妈永远18岁。”我在妈妈脸上亲了一下。

“嘴巴这么甜，又想让我为你做什么？”妈妈总是这么火眼金睛。

“妈，咱去吃火锅吧？”我兴冲冲地提议着。

“想吃火锅啦？走，豆花牛肉火锅——安排！”妈妈豪爽得很。

中考结束，估完分，照毕业照，同学们互相合影留念。我和陶可心、何瑶一起，拍了好多照片。后来李子轩、沈云溪也加入进来，教室、教学楼、操场、看台，都留下了我们青春的身影，让我们一起为青春定格。

立秋刚过没两天，中考成绩出来了。记得是个星期一，我

一个人在家，爸爸、妈妈都去单位了。到中午 12 点，我心情忐忑地登录查分网站，眼睛简直都不敢看电脑，总担心没考好，没有高中可上。还好，成绩比自己估计的要差一点，不过不要紧，虽说上不了高中阶段的五大名校，上个二类排名靠前的学校应该没问题。

这个时候，妈妈的电话风一样地进来了："一诺，你的成绩出来了，你知道吧？妈妈刚查完分，你的成绩比你估分低，咱要好好琢磨一下报考高中学校的事。"

"当然知道啦，我刚查完。你女儿我还行吧？"我等待着妈妈的回答。

妈妈甜蜜地回应："我家一诺最棒啦，我就知道你可以的，只要你肯努力。"

后面几天，爸爸、妈妈陪着我跑了几个目标高中，为我选择学校，好填报志愿。我最终选了离家近的西京高级中学，这也是一所百年老牌名校，出过很多知名校友。

陶可心去了城墙里的一所学校，何瑶、沈云溪去了城东的一所高中。李子轩的父母希望他回家门口附近的学校上学，或者出国读高中。至于李子轩最后去了哪所学校，我竟然不知道，因为他失联了。

快开学前，我又回到西京中学，新入学的初一新生正在报到。我仿佛看到我们曾经青涩的青春，就像青苹果一样。我刚走到曾经的教学楼跟前，一位稚气的小女生问我："学姐，请问初一一班在几楼？"

后记

青春的力量

宋鸿雁

支撑作者写作的动力，永远都来自读者。

对于作者而言，有些写作是愉悦的，有些写作是枯燥的，有些写作甚至是痛苦的。人活一世，谁不想轻轻松松、快快乐乐地活着？夜深人静的时候，当很多人逛街、撸串儿、看电视时，我却坐在电脑前，敲下一行行文字。

年过七旬的老妈妈临睡前，总会提醒我早点睡觉。我嘴里答应着，敲击键盘的手却没有停。一两个小时后，老妈妈起夜，发现我的房间还亮着灯，我还在写永远也写不完的文字。

她就推门提醒我：“鸿雁，咋还写呢？快去睡觉！”

我就会头也不抬地回答："妈，我正写得顺畅呢，这点儿文字写完就去睡觉。"

"哎，我女子学'瓜'了，也写'瓜'了。把一头黑发都要学白了，写白了。"老妈妈摇着头叹着气。

"放心吧！大脑越用越灵活，越用越聪明。"我笑着回应老妈妈。

己亥年暮秋，我的第一本书《福娃成长记》出版发行。我把自己的心血之作捧出来，满心期待着读者的评价。我的读者没有辜负我的期望，在陕西科学技术出版社天猫店、京东店、当当店线上购书的读者，还有在实体书店购书的读者，给了我莫大的鼓励。有位宝妈留言："这是一本温暖的书，是一本充满爱意的书，是一本有趣又好看的书，是一本适合孩子阅读的书，也是一本适合亲子阅读的书。"

《福娃成长记》最初定位的读者人群为准父母、家有幼儿园小朋友和小学生的家庭。书出版后，我才发现读者人群竟然覆盖了整个年龄段。现在的孩子，多由爷爷、奶奶和姥爷、姥姥带大，所以老年人会买来读。当然小读者就更多了。一位小读者钰钰来信说："我非常喜欢宋老师写的《福娃成长记》这本书。这本书是妈妈买来送我的礼物。”

最意想不到的是一位在校男大学生的评价，他为《福娃成长记》写了读后感：“对于我这个未婚的大男孩来说，通过阅读这本书，才全面了解到原来女性怀孕生子是一件极其辛苦的事情。”一本小小的书籍，能被各个年龄段的读者喜欢，那么书籍的作者无疑是最开心的。

读者的热情就像庚子年那个炎热的夏季，读者的鼓励是我不断前进的动力。有读者希望我能写写青春期的学生，说她家孩子升入初中，又叛逆又难沟通。读者有需求，那我还等什么呢？我决定动手收集青春期学生的相关资料，为刚刚走进青春期的初中生们写一本书。新冠疫情肆虐三年，这本书多是在工作和疫情防控之余，硬生生在夹缝中挤时间写的，故而写得很缓慢。

为了写出初中生爱看的文字，写出青春早期初中生的特点，写出符合他们年龄阶段的语言特色，无论何时何地，我都注意观察和倾听。坐在地铁或公交车上，或是路过中学校园门口，我就特别留意观察和倾听。观察初中生的动作和神态，倾听初中生的对话，这样，在我心里就慢慢站起了一群青春阳光的初中生。

我以成长起来的小福娃王一诺的视角，描写着初中生的喜怒哀乐，描绘着青春早期懵懵懂懂的少男、少女们。正如我在书的扉页写下的文字：“青春，美如朝露；青春，灿如云霞。青春如歌，悠扬悦耳；青春若画，绚烂夺目。青春悄悄来，青春永远在路上。”

收集资料及前期准备用了差不多两年时间。各种图片资料、初中教学常规、青春早期医学知识回顾、心理学、音乐、服饰、饮食、建筑、军训、研学，甚至包括抖音、视频号等。一本写给初中生的书，前期竟然要做这么多的准备工作。准备工作做到位了，写起来就很顺手。

壬寅年乱花渐欲迷人眼的季节，我郑重地写下《青春悄悄来》。王一诺、李子轩、陶可心、沈云溪、何瑶等一群青春阳光的初中生们向我奔跑而来。“每个身影，同阳光奔跑……一起努力，争做春天的骄傲。”他们是那样朝气蓬勃，是那样健康向上，是那样动人心魄，是那样让人挪不开眼睛。我想，这就是青春的力量。

青春就像一只看不见的手，轻轻地抚上他们的眼角和发梢。少女们好像一眨眼间变样了，头发乌黑，面颊红润，胸前衣服下的小蓓蕾像桃花一样悄悄绽放，身条像杨柳一样多姿。少年们长出了毛茸茸的小胡须，突显了有棱角的喉结，臂膀和大腿上有了结实的肌肉，身体像白杨树一样茁壮。

这群活泼可爱的初中生，陪伴我度过无数个安静的夜晚和寂静的周末。若是几天不见面，我就会若有所失，感觉生活中少了点什么。每天和他们见一面，写写他们的学习和生活，写写他们朦朦胧胧的喜欢和爱恋，总能让我心情愉悦。我看着他们笑，陪着他们哭，我在他们中间迷失了自我，回到了久违的少女时代。写少男、少女们，仿佛青春也回到了我身上，我觉得自己变年轻了。这就是青春的力量。

我作品的第一读者永远都是我的女儿。我把写好的章节读给女儿听，征求她的意见。女儿有很好的文学鉴赏力和感知力，总能给我提出恰当的意见和建议。比如初中生的神态和动作，他们喜欢的事情和游戏，倾听女儿的意见和建议，可以让我更加靠近青春早期的初中生们，写出他们爱看的文字。

老妈妈总是问我："女子，你成天写啥呢？不出去转转，也不和人交流，你心慌（陕西话意思为孤单）不？"

我总是笑眯眯地回答老妈妈："不心慌！可充实了。我天天写一群青春阳光的初中生，怎么可能心慌呢？"

我把自己写的一部分文字读给老妈妈听，老妈妈听后，笑得咯咯咯的，像母鸡下蛋后的夸耀。“咋和你们小时候一样一样的？你们上初中时就是那个样。”老妈妈笑得眼角又多了几条鱼尾纹。

“谁说的？我们那时候哪有微信、抖音和视频号？我们那时候的游戏就是跳皮筋和打沙包。”我笑着纠正老妈妈。

我和老妈妈都笑着，老妈妈的眼角盛开着太阳花，我的眼角盛开着凤尾花。她竟然想要做沙包给孙女玩，全然不顾眼花了，手抖了。我竟然也没有反对她，反倒热心地寻找起针线和小碎布。这就是青春的力量。

壬寅年季夏，《青春悄悄来》初稿完成，我的心情就像夏天一样火热。凉爽的秋天紧跟着来了，正是西京城一年中最好的季节，三遍修改，终于结出了满意的果实。我将书稿寄给著名儿童文学作家、诗人王宜振，得到老先生毫不吝啬的赞美和鼓励。著名儿童文学作家金波老先生得知我书稿的相关情况后，躺在病床上为《青春悄悄来》写下推荐语。儿童文学评论家许军娥教授阅读书稿后，倾情写下《〈青春悄悄来〉：生动呈现儿童成长的多彩篇章》评论文章。

国庆佳节前，我将书稿正式交给陕西科学技术出版社。我总在心里对自己说：不要忘记出版你作品的出版社，不要忘记加工你稿件的编辑老师。所以书稿完成后，我想也没想地就将书稿交给了陕西科学技术出版社，虽然也有其他出版社询问书稿的情况，但我还是遵从了内心最初的选择。陕西科学技术出版社很重视《青春悄悄来》书稿，总编辑宋宇虎，编辑潘晓洁，市场营销部的田子丰、周勇、惠辉老师，都对书稿文字、读者人群、市场预期给出合理化的意见和建议。

周勇老师说："我很期待这本书！我家里正有一位初中生，我和孩子急需要阅读。"

最美的金秋，汉长安城未央宫国家考古遗址公园里繁花似锦，游人如织。金黄的向日葵，粉红的格桑花，还有"浩瀚红海"般的地肤草。我穿上最美的旗袍，和各色花海合影。长乐未央，青春未央。

这就是青春的力量。

（2022 年 10 月于长安龙首原）

谨以此书献给豆蔻年华的你们！